Julian van den Berg

Anna

Julian van den Berg

Anna

Studienzeit

Kurzgeschichten

Bibliografische Information der Deutschen
Nationalbibliothek:
Die Deutsche Nationalbibliothek verzeichnet diese
Publikation in der Deutschen Nationalbibliografie;
detaillierte bibliografische Daten sind im Internet über
http://dnb.dnb.de abrufbar.

Umschlaggestaltung / Umschlagmotiv: Julian van den
Berg

Herstellung und Verlag: BoD – Books on Demand,
Norderstedt

ISBN: 9783755769941

Inhaltsverzeichnis

Vorwort

Annas Liebesleben ist abwechslungsreich, aufregend. Von den Fesseln einer langen Beziehung befreit, tobt sich die junge Studentin aus, voller Neugier und Lust. In diesem Buch begleiten wir sie auf diesem Weg, lesen von Partys, internationalen Bekanntschaften und erotischen Spielen. Und ja, auch Marcel hat seinen Auftritt, spät, wie es sich gehört.

Lest, wie es Anna aus „Anna & Marcel - Erotische Szenen einer Ehe" erging, bevor sie sich in Marcel verliebte.

Montpellier

Da kam Nina endlich zurück. Fast eine Stunde hatte sie nun in der Touristeninformation von Montpellier verbracht, während Anna im Park nebenan erschöpft die großen Rucksäcke bewachte. Es war Sommer, und es war sehr heiß. Zwei Wochen waren sie nun schon mit dem Interrail-Ticket unterwegs, und so langsam hatte Anna genug Kirchen gesehen. Sie war müde. Die ersten beiden Semester waren wie im Flug vergangen, Anna hatte viele nette Leute kennengelernt, Partys gefeiert, Klausuren geschrieben, und war am Wochenende immer nach Hause gefahren, zu ihrem Freund. Timo. Sie musste ihn dringend mal wieder anrufen. Timo war etwas pikiert gewesen, als sie ihm eröffnet hatte, dass sie mit Nina vier Wochen durch Europa reisen würde. Und sie vermisste ihn nicht. Ihn anzurufen erschien fast wie eine lästige Pflicht. Sie waren fünf Jahre zusammen, war das vielleicht normal? Timo war ihr erster und bisher einziger Freund.

Nina konnte französisch sprechen, daher waren ihre Fremdsprachenkenntnisse hier in Montpellier gefragt. Anna war dankbar, dass sie die Last nicht mehr trug, denn in den letzten sieben Tagen in Spanien hatte sie immer reden müssen, obwohl ihr Schulspanisch alles andere als gut war. Nina hatte zwei Typen im Schlepptau, beide ebenfalls mit großen Rucksäcken, vermutlich Amerikaner. So langsam konnte Anna die Interrail-Nationalitäten auseinanderhalten.

„In der Stadt ist alles ausgebucht," sagte Nina, als sie Anna erreichte.

„Übrigens, das ist Tom, und das ist Howard," fügte sie auf Englisch hinzu, und die beiden gaben ihr die Hand. „Nice to meet you!" Ja, definitiv Amerikaner, ein ganz breiter Akzent.

Ninas Englisch war nicht gut, deswegen wechselte sie wieder auf Deutsch.

„Also, alles ausgebucht, wie gesagt. Das einzige, was es noch gab, war ein Ferienhaus am Meer, aber das war für vier Personen. Deswegen Howard und Tom," sagte sie und zeigte auf die Jungs.

„Es gibt dort wohl zwei Schlafzimmer. Also alles gut. Wir müssen jetzt nur einen Bus in den Vorort nehmen. Der fährt einen Block weiter ab."

Nina drehte sich zu den beiden Amerikanern.

„Come on guys, let's go!"

Woher nahm Nina bloß diese Energie? Anna rappelte sich stöhnend auf, und als sie den Rucksack schultern wollte, war da plötzlich Tom und nahm ihn ihr ab.

„May I?" fragte er höflich. Anna wollte protestieren, aber da hatte er sich den Rucksack schon vor den Bauch gespannt. Zusammen mit dem eigenen Rucksack auf dem Rücken sah er aus wie ein Packesel. Tom war kräftig, es sah so leicht aus, als er federnd hinter Nina herlief.

„Thank you," flüsterte Anna und folgte Nina ebenfalls.

Das Ferienhaus war perfekt. Nach zwei Wochen enger und überfüllter Hostels war es eine Wohltat, es gab Platz, und es war nicht permanent laut. Die Brise vom Meer tat ihr Übriges. Ja, Anna hatte so etwas gebraucht. Den Nachmittag verbrachten sie am Strand, ruhten sich aus, gingen ab und zu ins Wasser. Es bildete sich eine Zuordnung, Howard und Nina, und Tom und Anna, und sie hätte später nicht sagen können, wie diese Dynamik ausgelöst worden war. Anna vergaß Timo, mehrere Stunden dachte sie nicht an ihn.

Tom war Kalifornier aus der Nähe von San Francisco, und er hatte sehr starke liberale politische Standpunkte. Er verstand seine Landsleute nicht, genau wie Anna, und dieser Konsens fühlte sich gut an. Er war gut gelaunt, offen, und er tat offensichtlich sehr viel für seinen Körper - Anna musste zugeben, dass ihr sein haarloser, braungebrannter, muskulöser Oberkörper sehr gefiel.

Im Wasser kamen sie sich näher, ein Spritzer hier, ein Spritzer da, und als sie wieder auftauchte, war er direkt vor ihr. Aus den Augenwinkeln sah sie, dass Nina und Howard knutschten. Sie wollte das auch, sie wollte es so gern, aber es ging nicht. Anna spürte, wie sehr sie sich durch ihre Beziehung eingeengt fühlte. Timo sprach davon, im Herbst zusammenzuziehen, und hatte schon eine passende Wohnung gefunden. Und ja, das war der nächste logische Schritt in ihrer Beziehung, aber sie fühlte, wie sehr ihr der Gedanke zusetzte. Anna wollte es sich selbst erst nicht eingestehen, aber diese Interrail-Tour hatte es ihr deutlich gezeigt - sie wollte nicht mit Timo zusammenziehen. Aber was hieß das? Wollte sie auch die Beziehung beenden? Das war so ein ungeheuerlicher Gedanke - sie waren doch schon so lange ein Paar.

Tom legte seine Arme um ihre Hüfte, und sie ließ es geschehen. Tom zog sie heran. Er war groß, sie musste zu ihm aufsehen. Anna spürte ein Kribbeln, das sie schon ewig nicht mehr gespürt hatte. Hatte sie es jemals so gefühlt? Als sich Tom herunterbeugte und sich ihre Lippen zum ersten Mal berührten, explodierten tausend Sterne in ihrer Magengegend.

Die Sterne funkelten über ihnen, als sie Hand in Hand die Promenade entlang spazierten. Alleine seine Hand zu halten, machte sie feucht. Sie hatten zu viert in der Ferienwohnung gekocht und waren danach noch einmal ausgegangen. Howard und Nina waren irgendwo verschwunden.

Anna hatte sich heute den ganzen Tag nicht bei Timo gemeldet, und ja, sie hatte ein schlechtes Gewissen, auch wegen Tom, aber worüber hätte sie mit Timo reden können? Unverfänglich über das Wetter, obwohl ihr Innerstes so aufgewühlt war?

Anna kletterte auf den Fels, setzte sich und zog die Beine an. Sie spürte, wie sich der Stoff ihres Slips von den Schamlippen löste und etwas abstand, sie fühlte den Luftzug an ihrer Feuchtigkeit. Es fühlte sich gut an. Erst da bemerkte sie, dass Tom hinsah, und ihre erste Reaktion war, die Beine wieder baumeln zu lassen, den Rock herunterzuziehen, und vom Fels zu springen. Doch sie tat nichts von alledem, sie lächelte nur. Und Tom trat an den Fels heran, zog den Slip beiseite und ließ seine Zunge in sie eintauchen.

Anna machte innerlich Schluss. Morgen würde sie mit Timo darüber sprechen, es ihm mitteilen, aber bevor sie Tom in das Schlafzimmer folgen konnte, musste sie es für sich klar haben. Aus dem anderen Schlafzimmer hörte sie Ninas Stöhnen und Seufzen, die Aufteilung für heute Nacht war klar.

Sie hatte keinen Freund mehr. Sie war Single. Anna fühlte die Befreiung von großer Last, die Leichtigkeit, die Unabhängigkeit.

Sie öffnete die Tür zum Schlafzimmer, und da saß Tom, nur in Boxershorts, auf dem Bett. Der zweite Mann, mit dem sie Sex haben würde.

Überraschung

„Wieso hältst du dich eigentlich so zurück?"
fragte Nina und nippte an ihrem Biermischge-
tränk.

„Du bist Single. Schnapp ihn dir einfach."

Das Semester hatte begonnen, und damit auch
die Partys. Heute war die Sportler-Party an der
Reihe, zu der man nur mit Einladung Einlass hatte. Ninas kurze Liaison mit einem der Ruderer
hatte ihnen nun die Karten verschafft.

Nachdem Anna mit Timo Schluss gemacht hat-
te, hatte sie die Pille abgesetzt, in der vollen Über-
zeugung, dass sie die nicht mehr brauchte, weil
sie keinen Sex haben würde. Sie würde sich voll
auf das Studium konzentrieren und auf nichts
anderes. In der Praxis funktionierte das nicht,
ihre Libido machte ihr da einen Strich durch die
Rechnung. Anna war plötzlich sehr leicht erregbar, phantasierte und masturbierte viel.

Irgendwann, als sie mit geröteten Wangen in
die Küche kam, stand da Nina.

„Müsstest du nicht langsam wund sein?" fragte
sie lakonisch, und jeder Quadratzentimeter von
Annas Kopf wurde tiefrot.

„Er guckt schon wieder rüber," sagte Nina jetzt,
„er will dich." Sie standen an der Theke, der Bass
wummerte von der Tanzfläche herüber.

„Er soll gut im Bett sein, habe ich gehört. Ein bisschen freakig, aber gut. Nimm ihn mit nach Hause. Du hast es nötig."

Anna schlug ihr protestierend gegen die Schulter, aber sie wusste, dass Nina recht hatte. Allein die Aussicht, mit ihm zu schlafen, ließ sie feucht werden. Anna setzte sich in Bewegung.

„Ich habe eine Überraschung für dich," sagte er und hielt inne. Es ließ sich gut an, er war ausgepackt genauso so lecker wie im lässigen Shirt und zerfetzter Jeans, und auch Anna war bereits nackt. Er hatte sich nicht lange bitten lassen, und schon auf dem Weg vom Sportlergebäude zum Wohnheim konnten sie die Finger kaum voneinander lassen. Nina hatte versprochen, sich Zeit zu lassen.

„Ich habe die Überraschung doch schon ausgepackt," sagte Anna und ergriff seinen bereits stark erigierten Schwanz. Er schob ihre Hand beiseite.

„Dazu kommen wir noch," sagte er lächelnd und zauberte dann einen von Annas Seidenschals hervor. Wann hatte er den denn genommen?

„Die Überraschung bekommst du mit verbundenen Augen," fuhr er fort. Anna zögerte. Er wäre etwas freakig im Bett, hatte Nina gesagt. Und doch, der Gedanke reizte sie. Was, wenn er sie fotografierte? Was, wenn er sie bestahl? Schnell schob sie die Gedanken beiseite.

„Okay," sagte sie langgedehnt, und er legte den Seidenschal über ihre Augen, verknotete ihn fest, aber nicht zu fest.

Da saß sie, nackt auf dem Bett, blind und erregt, und horchte auf seinen Atem. Eine Berührung an ihrem linken Unterschenkel, eine an der rechten Hand, seine Hand in ihrem Nacken, ein feuchter Kuss - sie konnte nicht ahnen, wo er sie als Nächstes berühren würde.

Dann war er kurz weg, und als er wieder kam, drängte er sich zwischen ihre Beine, spreizte sie. Anna war sich sicher, dass er sich ein Kondom übergestreift hatte und sie jeden Moment seinen Schwanz spüren würde. Sie war bereit, zerfloss beinahe, und wollte nichts sehnlicher als ihn endlich zu spüren. Da berührte er sie an den Schamlippen, zog sie nach, und sie war sich sicher, dass es seine Eichel war. Erwartungsfroh spreizte sie ihre Beine noch etwas weiter. Da begann das Prickeln, erst leicht und sanft. Das, was sie dort unten berührte, war nicht seine Schwanzspitze. Er ließ es eintauchen, es war rund wie eine Kugel - und jetzt kribbelte es auch in ihr. Anna zog die Luft ein.

„Was ist das?" stöhnte sie, aber er antwortete nicht. Er zog es wieder heraus, und die Kugel strich über ihre Klitoris, hinterließ eine Spur. Ihre Gefühle explodierten, Anna stöhnte auf. Sie wollte sich den Schal vom Gesicht reißen, aber er hielt sie zurück.

„Vertraue mir!" sagte er, und sie behielt den Schal vor ihren Augen. Das Prickeln jagte ihr Erregungsniveau hoch, ohne dass er irgendetwas Weiteres tat. Inzwischen ahnte sie, dass es ein Lolli sein musste, ein saurer, der jetzt immer wieder in sie eintauchte, wieder auftauchte, dessen Brause sich mit ihrer Feuchtigkeit vereinte, um - ja, was? Sie spürte den Orgasmus kommen, keuchte, und er ließ den Lollikopf um ihre Klitoris kreisen, erhöhte den Druck. Anna spürte die Wellen kommen, überwältigend jagte sie das Prickeln über den Punkt. Das Prickeln scherte sich nicht um ihren Orgasmus, es prickelte einfach weiter, und er führte nun zwei Finger in sie ein, und anstatt des Lolli war da nun seine Zunge, die Anna ein zweites Mal zum Orgasmus trieb.

Brause-Cola. Anna küsste ihn, und nun wusste sie, was für ein Lolli es gewesen war.

„Und, hatte er eine Überraschung für dich?" fragte Nina am nächsten Tag am Frühstückstisch. Sie lachte. Na klar, Nina hatte auch schon mit ihm geschlafen.
„Ja," sagte Anna und lächelte, „und danach war ich so fertig, dass er nicht mehr zum Zug gekommen ist."
„Ich nenne ihn nur den Lollimann. Ich bin sicher, der hat immer so einen Lolli dabei."
Der Lollimann. Was für eine treffende Bezeichnung.

Black Jack

„Lust auf ein Spiel?" poppte der Messenger vor ihrer Hausarbeit auf. Sie kannte Marc seit der Einführungswoche im ersten Semester, sie lernten häufig miteinander.

„Sitze an der Hausarbeit," schrieb sie und fügte ein trauriges Smiley hinzu.

„Ein erotisches Spiel."

Anna zog die Augenbrauen hoch. Ihre Beziehung mit Marc war rein platonisch, auch wenn sie zugeben musste, dass es in der Lernphase vor den letzten Klausuren etwas geknistert hatte. Aber da war sie noch mit Timo zusammen gewesen.

„Du bist ja eine richtige Party-Queen geworden!" hatte Marc ihr letzte Woche auf der Physiker-Party gesagt, und Anna war klargeworden, wie stark sie sich verändert hatte. Die brave, züchtige, strebsame Studentin gehörte der Vergangenheit an, sie ging fast jeden zweiten Tag feiern. Irgendwo gab es immer eine Party, und wenn nicht, gab es immer noch die Wohnheimkneipen. Anna legte es zwar nicht unbedingt darauf an, aber wenn sie jemanden kennenlernte, und sie bekam Lust, dann nahm sie ihn mit nach Hause.

Als sie einmal Nina darauf ansprach, dass das ja so nicht weitergehen konnte, zuckte die mit den Schultern.

„Wieso nicht? Wieso sind die Kerle geile Hechte, wenn sie so etwas machen, und wir Schlampen? Mach, worauf du Lust hast. Nicht das, von dem du denkst, dass man es von dir erwartet."

Jetzt also Marc. Anna stand auf und ging in die Küche. War es unvernünftig, etwas mit ihm anzufangen? Natürlich. Wer wusste, was das für die nächste Lernphase bedeuten würde. Sie goss sich ein Glas Wasser ein. Reizte es sie? Ja, sehr. Er war etwas arrogant, immer gut gekleidet, ein typischer Betriebswirtschaftler. Und sie war neugierig. Neugier trieb sie schon das ganze Semester an, und manchmal war es fast eher Gier als Neugier.

Als sie zum Rechner zurückkam, hatte Marc ein paar Fragezeichen hinterhergeschickt.

„Was schwebt dir vor?" schrieb sie.

„Black Jack. 17 und 4." antwortete er.

„Und?"

„??"

„Jetzt werd' mal konkret. Black Jack ist kein erotisches Spiel."

Anna begann schon, das Interesse wieder zu verlieren.

„Wer eine Runde Black Jack verliert, muss ein Kleidungsstück ausziehen. Wer kein Kleidungsstück mehr ausziehen kann, muss tun, was der/die andere sagt."

Anna sah auf den Bildschirm, den Messenger, der vor ihrer Hausarbeit blinkte. Sie konnte etwas Abwechslung gebrauchen.

„Kommst du rüber?" schrieb sie. Marc wohnte im gleichen Studentenwohnheim wie sie.

Fünf Minuten später klingelte es an der Tür. Marc grinste breit, als sie öffnete.

„Komm rein, bevor ich es mir noch anders überlege!" sagte Anna und führte ihn in ihr Zimmer. Sie plauderten über die Hausarbeit, über die Uni, über die Physik-Party, so als hätte es ihren Chat nicht gegeben. Anna fragte sich schon, ob er kneifen würde, als er schließlich die Karten auspackte.

„Was hast du an?" fragte Marc.

„Du meinst drunter?" Anna trug einen Rock und ein Top. „Slip und BH, normal halt."

„Okay, wir sollten ja die gleiche Anzahl Kleidungsstücke tragen," meinte Marc und zog sich eine Socke aus, um mit Jeans, T-Shirt und Boxershorts ebenfalls auf vier zu kommen. Anna schmunzelte amüsiert, das passte zu Marc. Immer genaue Regeln und Gerechtigkeit.

„Wer gegen den Croupier gewinnt, gewinnt die Runde. Wenn der Croupier gewinnt, wiederholen wir die Runde, okay?" Anna nickte. Sie war vor einigen Monaten mit ein paar Leuten vom Studium in einem Casino gewesen, mit langen Abendkleidern und Anzügen, und hatte dort Black Jack kennengelernt. Es war immer eine Frage der

Wahrscheinlichkeiten, und sie war ganz gut darin, das abzuschätzen. Aber der Hauptanteil war natürlich Glück.

In der ersten Runde hatte Marc einen Black Jack, und Anna entschloss sich, ihren Slip auszuziehen. Bisher war alles so spielerisch gewesen, aber als sie aufstand, unter ihren Rock griff und den Slip ihre Beine hinabführte, wurde ihr klar, dass sie nun mit Marc eine Grenze überschritt. Was würde er wohl verlangen, wenn sie nackt wäre? Sie setzte sich wieder, die Beine züchtig geschlossen.

Dann verlor Marc und zog sein T-Shirt aus. Anna bemerkte, dass sie Marcs Oberkörper noch nie nackt gesehen hatte, denn er sah gut aus, keine Haare, klar definierte Muskeln. Unerwartet gut. Es kribbelte zwischen ihren Beinen. Marcs Pechsträhne verlängerte sich, er verlor auch den Socken und die Jeans. In seiner Boxershorts zeichnete sich eine große Beule ab.

Annas offene Karte in der nächsten Runde war eine zehn, und sie bekam ein As als erste verdeckte. Grinsend machte sie klar, dass sie keine weitere Karte bräuchte, und Marc stöhnte genervt auf. Das lief offensichtlich nicht nach seinem Plan.

„Du hättest es lieber andersherum, ich nackt und du noch angezogen, stimmt's?" lachte Anna. Etwas griesgrämig stand Marc auf und zog die Boxershorts herunter. Sein Schwanz sprang halbsteif hervor.

„Na, ein bisschen scheint dir das ganze doch zu gefallen," sagte Anna und grinste. Sie war inzwischen komplett feucht. Marc setzte sich wieder.

In der nächsten Runde hatte Anna nichts, und Marc grinste siegessicher. Zu seiner Enttäuschung hatte der Croupier allerdings einen Black Jack, so dass sie beide nicht gewannen. Und in der darauffolgenden Runde hatte Anna wieder Glück.

„Hm, was könnte ich von dir verlangen?" murmelte Anna. Marc sah etwas niedergeschlagen aus, in seiner Phantasie hatte der Verlauf wohl anders ausgesehen.

„Ich habe noch nie einen Mann gesehen, der sich selbst befriedigt," sagte sie, „diese Wissenslücke könnte ich doch heute mal schließen." Sie überlegte kurz.

„Mit geschlossenen Augen und bis zum Orgasmus!" fügte sie hinzu.

„Aber dann," begann er, und Anna lachte laut auf.

„Du willst mich ficken, hm? Wenn du mich ficken willst, musst du gewinnen!" Sie lachte wieder. Manchmal wunderte sie sich über sich selbst. Solche Sätze wären ihr vor einem Jahr nicht über die Lippen gekommen.

„Aber," versuchte Marc es noch einmal.

„Regeln sind Regeln!" sagte Anna und wusste, dass sie ihn damit packen konnte. Marc hielt sich an die Regeln, vor allem, wenn er sie aufgestellt hatte.

„Hast du Taschentücher?" fragte er, und Anna stand kurz auf, nahm den Taschentuchspender vom Schreibtisch und warf ihn ihm zu.

„Reicht das?" fragte sie lächelnd, und als sie sich setzte, lupfte sie kurz den Rock, so dass er einen Blick auf ihre rasierte Muschi erhaschen konnte. Sein Schwanz reagierte sofort.

„Jetzt aber Augen zu!" befahl sie, und er schloss die Augen, spreizte die Beine weit und nahm seinen Schwanz in die rechte Hand. Er war komplett rasiert, und während sein Schwanz nach oben stand, hingen seine großen Hoden hinunter. Marc begann, seinen Schaft zu reiben, schob die Vorhaut über seine Eichel und zurück. Erst langsam, aber dann immer schneller. Sein Schwanz wuchs noch, und schließlich spuckte er in seine Hand und rieb seine Eichel mit der Feuchtigkeit ein, so dass sie nun prall glänzte. Anna spürte das Verlangen, ihn zu berühren, aber sie unterdrückte es. Heute würde er sie nicht haben.

Jetzt hatte der Penis seine volle Pracht erreicht, die Vorhaut hatte die Eichel ganz freigegeben, und Marc rieb nun von der Eichel hinunter bis zum Schaft und wieder hoch, mit schmatzenden Geräuschen von der Feuchtigkeit. Immer wieder keuchte er jetzt, fing an zu stöhnen. Dann öffnete er die Augen, suchte den Taschentuchspender, nahm drei oder vier Taschentücher und ergoss sich pulsierend in sie. Anna sah ihm beim Orgasmus neugierig in die Augen, sah das Flackern.

„Na, woran hast du gedacht?" fragte sie neugierig.

„Willst du das wirklich wissen?" fragte er zurück, während er sich mit weiteren Taschentüchern trocken rieb.

„Ja," sagte sie und lächelte.

„Na, an dich," sagte er. Es schien ihm unangenehm zu sein.

„Na komm, lass dir nicht alles aus der Nase ziehen! Was hab ich gemacht?"

Er zögerte kurz.

„Ich habe mir vorgestellt, dass es nicht meine Hand ist, sondern deine Lippen."

Anna lehnte sich zurück und lächelte.

„Tja, ob das jemals Realität wird. Wie auch immer - ich muss die Hausarbeit weiterschreiben, das macht die leider nicht von alleine," sagte sie und erhob sich.

Marc zog sich an.

„Vielleicht können wir das ja mal wiederholen," sagte er halb fragend.

„Vielleicht," antwortete Anna, als sie ihn hinausbegleitete. Als sie die Tür geschlossen hatte, legte sie sich auf ihr Bett, und schnell fanden ihre Finger den Weg unter ihren Rock. Die Hausarbeit würde warten müssen.

Pablo

„Ich habe da eine spezielle Vorliebe im Bett, damit müsstest du klarkommen," hatte er gesagt und gelacht.

Pablo war ein Doktorand aus Kolumbien, der hier noch bis zum Ende des Sommersemesters am Institut arbeitete. Anna hatte im letzten Semester ein Spanisch-Tandem gesucht, da sie überlegte, für ein Semester nach Spanien zu gehen, und hatte Pablo gefunden. Sie führten harmlosen Smalltalk bei ihren Treffen, und tatsächlich war Anna froh, dass es so platonisch blieb. Sex hatte sie schon genug. Doch dann hatten sie über Beziehungen gesprochen, über die Unterschiede diesbezüglich zwischen Kolumbien und Deutschland, über ihre eigenen Beziehungen. Und Pablo ließ im Spaß den Satz über seine Präferenzen im Bett fallen. Sie lachten darüber hinweg, und schnell war das Gespräch wieder unverfänglich. Aber für Anna hatte sich alles geändert. Ihre unbändige Neugier war getriggert worden, und plötzlich sah sie Pablo mit anderen Augen. Er hatte eine gewisse grobschlächtige Attraktivität, die im Kontrast zu seinem Feingeist stand. Für Anna wurden ihre Treffen schwieriger, ihre Gedanken schweiften immer häufiger ab. Wieso hatte er bloß diesen Satz gesagt? Alles wäre einfacher, wenn sie ihn noch so sehen würde wie vorher. Aber so war es leider nicht mehr. Sie rutschte auf ihrem Sitz hin und her, wurde feucht, wenn er sich zu ihr beugte, um ihre Aufgaben zu korrigieren. Anna bemerkte, wie ihre Affären uninteressanter wurden, wie sie immer häufiger Ausreden erfand, sich nicht mit ihnen zu treffen. Und wenn sie masturbierte, dachte sie jetzt immer an Pablo.

Sie sprach mit Nina über die Situation, die Anspannung, ihre Unfähigkeit, sich zu konzentrieren.

„Schon mal darüber nachgedacht, ob du dich verliebt hast?" fragte Nina. Anna hatte tatsächlich noch nicht darüber nachgedacht, und das verwirrte sie alles noch viel mehr.

„Tatsache ist, die Spannung muss gelöst werden!" meinte Nina, „so kann es offensichtlich nicht weitergehen."

Das nächste Treffen war bei ihr, und Anna beschloss, aufs Ganze zu gehen.

„Was heißt eigentlich ‚Sex haben' auf Spanisch?" fragte sie ihn. Sie hatten wieder über Beziehungen gesprochen. Pablo sah sie an.

„Da gibt es viele Wörter," sagte er, „‚hacer el amor' zum Beispiel."

„Und wenn ich es etwas schmutziger sagen möchte?" Anna hatte eben, als sie auf der Toilette war, einen weiteren Knopf ihres Oberteils geöffnet. Ob ihm das wohl aufgefallen war?

„Hmm, die Wörter sind sehr unterschiedlich je nach Land. Wir sagen beispielsweise ‚coger‘ dafür.“

„Coger,“ wiederholte sie, „und ‚cogeme‘ wäre dann so etwas wie ‚fick mich‘?“

Pablo stutzte, nickte dann.

„Spreche ich das richtig aus?“ fragte sie und wiederholte dann: „Cogeme!“

Pablo lächelte. „Perfekt sprichst du das aus!“ sagte er, „aber sollten wir jetzt nicht unsere Aufgaben weitermachen?“

Der Holzhammer, der in den letzten Monaten so gut funktioniert hatte, hatte bei Pablo nicht geholfen. Anna war es schrecklich peinlich, auch wenn es zwischen ihnen kein Thema war. Das Treffen hatten sie beendet, als wäre nichts gewesen. Drei Tage später, noch vor ihrem nächsten Treffen, lag ein Brief in ihrem Briefkasten, handschriftlich geschrieben, auf Englisch. Anna konnte sich nicht erinnern, wann sie das letzte Mal einen Brief bekommen hatte.

„Liebe Anna,

mir ist nicht entgangen, dass du mich angemacht hast. Du bist witzig und charmant, reizvoll und attraktiv. Ich bin gerne mit dir zusammen, wir haben viel Spaß. Ich verstehe aber nicht ganz, worauf du hinauswillst, deswegen dieser Brief. Wenn ich etwas mit einer Frau anfange, dann nur, wenn es die Chance hat, sich zu entwickeln.

Und ich konzentriere mich dann nur auf diese Frau. Ich weiß, dass du gerne Sex hast, das ist offensichtlich. Wenn wir etwas starten, möchte ich aber der einzige sein. Und ich möchte, dass du die Möglichkeit siehst, dass es mehr wird als das.

Ich habe dir schon gesagt, dass ich beim Sex eine spezielle Vorliebe habe. Es ist irgendwie seltsam, darüber zu reden, bevor überhaupt irgendetwas läuft, aber ich habe schlechte Erfahrungen damit gemacht, mich in diesem Punkt zu verstellen. Ich werde mich nicht verstellen.

Wenn du immer noch denkst, dass du etwas mit mir starten möchtest, komme übermorgen um acht Uhr zu mir. Wenn nicht, sehen wir uns zum Tandemtermin und vergessen, was du und ich gesagt und geschrieben haben.

Dein Pablo"

Anna dachte viel nach in diesen zwei Tagen. Natürlich war sie immer noch unheimlich neugierig auf die spezielle Vorliebe, was auch immer das bedeuten sollte. Aber sie spürte auch, dass es vielleicht an der Zeit war, all die unverbindlichen Geschichten zu beenden und wieder bei jemandem anzukommen. Anna hatte es etwas getroffen, dass es so offensichtlich war, wieviel Sex sie hatte. Auch wenn Nina da sicher wieder mit den Achseln gezuckt hätte - irgendwo in Anna war immer noch das brave, züchtige Mädchen, das keine Schlampe sein wollte. Beschissene Erziehung.

Als er die Tür öffnete, elegant, aber leger gekleidet, im Hintergrund zwei Kerzen auf dem Esstisch und die Düfte kolumbianischer Gerichte in der Luft, wusste sie, dass sie sich richtig entschieden hatte.

Sie küssten sich schon eine Ewigkeit, als er begann, ihr Kleid zu öffnen. Anna war schon komplett nass und konnte es kaum erwarten, den nächsten Schritt zu machen. Von den vielen ersten Küssen, die sie in den letzten Monaten gehabt hatte, war dieser mit Abstand der aufregendste. Als sie spürte, wie er den Reißverschluss ihres Sommerkleides herunterzog, wollte sie anfangen, sein Hemd aufzuknöpfen, aber er schob ihre Hand weg. Anna dachte erst, es wäre aus Versehen passiert, aber bei ihrem nächsten Versuch war da wieder sein Hand, die sie sanft hinderte. Also akzeptierte sie es, dass er sie aus ihrem Kleid schälte, dass er ihren BH öffnete, und dass er schließlich ihren Slip ihre Beine hinab schob, während er angezogen blieb. Anna war nun komplett nackt, und während sie sich weiter küssten, versuchte sie, seine Hose zu öffnen. Er stieß sie weg, auf das Sofa.

„Komm, dreh dich um!" sagte er in bestimmendem Tonfall, und sie zögerte kurz, dann kniete sie sich auf das Sofa.

„Po hoch!" befahl er, und sie folgte. Anna schielte nach hinten, er war immer noch komplett angezogen, als er an sie herantrat. Pablo schlug ihr auf die rechte Pobacke, und der Schmerz und die Erregung ließen sie stöhnen, dann schlug er ihr auf die linke. Sie wollte ihn endlich spüren.

„Cogeme!" presste sie hervor.

„Callate!" antwortete er, sei still. Dann zog er ihre Pobacken auseinander, und Anna spürte seine Blicke auf ihrer Rosette. Es war ihr unangenehm, sie fragte sich, wie sie dort wohl aussah, ob sie sauber war, aber sie war zu erregt, um die Situation abzubrechen. Sie wollte nicht riskieren, nicht gefickt zu werden.

Dann war da seine Zunge, die sich langsam zu ihrem After vorarbeitete. Anna versuchte halbherzig, sie abzuschütteln, aber Pablo ließ sich nicht beirren. Zwei Finger tauchten in ihre feuchte Muschi ein, zogen sich wieder zurück und fanden Annas Klitoris, als Pablos Zunge ihre Rosette erreichte. Es war das erste Mal, das sie jemand dort leckte. Pablos Zungenspitze reizte die kleinen Fältchen, und jede Bewegung, jede Berührung sendete Signale in Annas Hirn, die sie in der Heftigkeit nicht erwartet hätte. Pablos Zunge drängte in ihren After, nur ein paar Millimeter, aber zusammen mit seinen Fingern an ihrer Klitoris jagte er sie innerhalb weniger Minuten zum Orgasmus.

„Bleib, wo du bist!" sagte er, als Anna sich keuchend umsah, und so blieb sie auf dem Sofa, kniend, den Po in die Höhe gestreckt, den Oberkörper tief unten. Pablo kam zurück, und sie spürte, wie er Öl auf ihren Po träufelte, viel Öl. Er begann, ihre Pobacken zu kneten, als wären sie ein großer Brotteig, verrieb das Öl, immer wieder unterbrochen durch einen kurzen, festen Schlag auf die eine oder die andere Pobacke.

„Culito perfecto," murmelte er, und Anna fühlte, wie ihr Po langsam zu glühen begann. Dann war da ein Daumen an ihrem After, reizte ihre Rosette, um kurz einzutauchen, zog sich wieder zurück. Immer wieder passierte es nun, dass zwischen dem Kneten, Reiben und Schlagen ein Finger kurz in ihrem After verschwand. Pablo ließ sich Zeit, offensichtlich genoss er es, immer wieder murmelte er: „Culito perfecto."

Für Anna war das alles neu, noch nie hatte sich jemand so intensiv mit ihrem Po beschäftigt. Jetzt ließ Pablo zwei Finger eindringen, und Anna stöhnte auf. Sie ahnte, worauf das hinauslief, und dieser Ausblick erregte sie sehr.

Es dauerte, bis sie das nächste Mal zwei Finger spürte, Pablo steigerte sich nur langsam, und es dauerte noch länger, bis da drei Finger waren. Nach einer gefühlten Ewigkeit hörte sie, wie der Reißverschluss seiner Hose heruntergezogen wurde, und neugierig sah sie nach hinten. Sein Schwanz schaute hart und prall aus der Hose hervor, von kräftigem, dunklem Schamhaar umrahmt, und Pablo legte gerade ein Kondom an. Dann spürte sie seine Eichel an ihrer Rosette, fühlte, wie ihr After unter seinem Drängen nachgab, wie er sie langsam, aber sicher ausfüllte. Und dann begann er, sie zu ficken.

Als sie am nächsten Morgen die Treppen zu ihrer Wohnung hinaufging, glühten ihre Pobacken noch immer.

Tayrona

Vorsichtig lugte Anna durch die Ritzen in der Plane. Ihr Fahrer war zu einem anderen Auto gelaufen, das an der Straßenseite stand, die Männer unterhielten sich dort jetzt angeregt. Vor ihnen lag ein Grenzposten, mit dem man das Land um Santa Marta endgültig verlassen würde. Anna und Pablo saßen auf der Ladefläche eines alten Mini-Trucks, acht Menschen auf zwei Bänken, durch eine Plane vor der Sonne geschützt. Während sie fuhren, war die schwüle Hitze wegen des Fahrtwindes erträglich, aber jetzt lief ihnen der Schweiß in Strömen herunter. Der Mann ihr gegenüber lächelte sie an, und Anna wurde etwas mulmig. Pablo war sichtbar nervös. Was konnte das bedeuten? Guerilla? Paramilitares? So ging es eine Weile, die Spannung wuchs. Warum ging es nicht weiter? Hinter ihnen stauten sich die LKWs, die alle durch diese Station mussten, um ihre Fracht in die Berge oder weiter die Küste entlang zu bringen. Aber niemand drängelte, niemand hupte, auch das kam Anna seltsam vor, denn in den paar Tagen, die sie zuvor in Bogota verbracht hatte, war Hupen das häufigste Geräusch gewesen. Vor etwa vier Stunden waren sie in Santa Marta gelandet, einer Millionenstadt an der Karibikküste, und die schwüle Hitze hatte sie wie ein

Schock getroffen. Freunde von Pablo hatten ihnen erzählt, dass man im Dschungel nur sehr wenige Dinge sehr teuer kaufen konnte, deshalb waren sie noch einkaufen gewesen. Ihre Taschen wurden immer schwerer und schwerer, so dass Anna am Ende froh gewesen war zu sitzen, auch wenn es auf der harten Bank einer Kleinlasterladefläche war. Die echte Stadt hatten sie schon lange verlassen, vorbei an Barracken mit Getränkeverkauf oder einem Grill davor. Manchmal hatten sie kurz angehalten, ein Mann, der hinten auf der Ladefläche stand und sich am Planengestell festhielt, warf dann einen Sack mit irgendeiner von außen nicht identifizierbaren Ladung an den Straßenrand und rief laut, dann waren sie weitergefahren. Jetzt tat sich etwas, ihr Fahrer kam zurück und ließ den Motor an, und dann überquerten sie die letzte Station vor dem Regenwald. Und wenig später wurde auch klar, warum sie so lange hatten warten müssen. Ein LKW war den Hang hinuntergestürzt, und deshalb war eine Spur gesperrt. Dem Fahrer wäre nichts passiert, rief der Mann, der sich am Planengestell festhielt, wie ihr Pablo übersetzte. Keine Guerilla, keine Paramilitares.

„Das ist nicht weit, nur eine halbe Stunde hier am Strand entlang!" sagte ihr Führer. Nachdem sie der Kleinlaster sicher zum Nationalpark Tayrona gebracht hatte, waren sie nun endlich nach einer halben Stunde Taxifahrt am Strand angekommen. Von einem hohen Felsen hatten sie eine großartige Aussicht auf die Küste und auf den hinter ihnen liegenden Dschungel. Das einzige Problem war, dass sie noch nicht dort waren, wo sie sein wollten. Es gab nämlich natürlich keine Straße zu jenem Aussteigerstrand, den ihnen Freunde von Pablo empfohlen hatten. Der weiche Sand brachte sie um, mit jedem Schritt versank man mindesten zehn Zentimeter, und schon bald war ihnen ihr Führer weit voraus. Nach und nach übernahm Pablo immer mehr Taschen von Anna, und sie verfluchten die Tatsache, dass sie so viele Dinge eingekauft hatten. Es blieb keine Zeit, die Schönheit der Küste und des Dschungels zu genießen, während sie einfach nur weiterstapften und hofften, dass das bald ein Ende hätte. Es hatte nach einer halben Stunde natürlich noch kein Ende, auch nicht nach einer Stunde. Und dann ging es plötzlich nicht mehr weiter. Riesige Felsen versperrten ihnen den Weg auf dem Strand, und Anna hoffte schon, dass sie dann wohl angekommen sein mussten, als ihr Führer anfing, die Steine zu erklimmen. Und es ging weiter, mit Hin- und Herwerfen von Taschen, mit gewagten Sprüngen und rutschendem Geröll, mit zunächst nassen Schuhen, dann nassem Kleid, dann mit einer Welle, die es in sich hatte und keinen Fleck an Anna trocken ließ. Als sie endlich nach zwei Stunden ankamen, war Anna total fertig, aber glücklich. So eine überwältigende Schönheit der Natur hatte sie noch nicht erlebt.

Endlich, endlich zog er an der Schnürung ihres Bikini-Oberteils, und während sie sich weiter küssten, segelte es in den Sand. Eine Woche war sie nun schon in Kolumbien, eine Woche im Haus seiner Eltern, eine Woche Schlafzimmertüren, die immer offen stehen mussten, eine Woche perfektes Schwiegertochterverhalten, eine Woche ohne Sex. Zusammen mit den drei Wochen davor, in denen Anna noch Klausuren schreiben musste, aber Pablo bereits nach Kolumbien zurückgekehrt war, war das ein Monat ohne Sex. Eine schwere Zeit.

„Komm, dreh dich um!" sagte er, und bereitwillig streckte sie ihm ihren Po entgegen. Anna hatte gelernt, dass seine Vorliebe für ihren Po nicht nur eine Vorliebe war, sondern ein Fetisch. Pablo hatte sie in den letzten vier Monaten ihrer Beziehung kein einziges Mal vaginal gevögelt, aber er erwies sich so talentiert im Umgang mit ihrem Hintern, dass sie es nicht vermisst hatte. Pablo sorgte immer sehr sorgfältig dafür, dass sie auf ihre Kosten kam. Nun zog er ihr Bikinihöschen langsam über ihre Kurven. Als sie einen Monat zusammen gewesen waren, waren sie zusammen zum HIV-Test gegangen, denn er wollte kein Kondom mehr benutzen, und sie wollte fühlen, wie er in sie spritzte. Der erste Sex ohne Kondom hatte sich sehr intim angefühlt, danach war sie sicher, ihn zu lieben. Nun biss er zärtlich in ihren Po, während ihr Bikinihöschen ebenfalls im Sand landete. Pablo zog ihre Pobacken auseinander, und da war wieder seine Zunge. Dann stand er auf, spuckte in seine Hand, und Anna spürte, wie er ihren After benetzte. Nicht nur sie hatte es heute eilig. Sein Schwanz drang gegen ihren Schließmuskel, und Anna öffnete sich ihm. Als er sie ausfüllte, drehte sie ihren Kopf zu ihm, um ihn zu küssen - und sah aus den Augenwinkeln, dass da jemand stand. Ein Mann beobachtete sie, aus sicherer Entfernung, aber doch so nah, dass er eine gute Sicht auf sie hatte. Es war ein zwiespältiges Gefühl, so nackt seinen Blicken ausgeliefert zu sein, einerseits störte sie es, andererseits wollte sie den so lange ersehnten Sex jetzt nicht abbrechen. Und dann machte es sie auch noch an.

In dem Moment hatte Pablo ihn entdeckt, zog sich aus Anna zurück und fluchend die Hose hoch. „Nicht aufhören!" stöhnte Anna, aber es war zu spät, Pablo flüchtete aus dem Sichtfeld des Spanners und ließ sie nackt zurück. Sie nahm ihren Bikini, und nachdem sie ihn angelegt hatte, war der Beobachter verschwunden.

Um Punkt halb sieben ging die Sonne unter. Nicht mit einer langen Dämmerung wie in Deutschland, sondern innerhalb weniger Minuten wurde es stockdunkel. Der einzige Treffpunkt in dieser Gegend war ein Imbiss einige Meter vom Strand entfernt, ein paar Plastikstühle, Plastiktische, Gaslampen, in denen große Insekten verbrannten, und eine kleine Küche. Außer dem

Koch und Kellner in Personalunion war niemand hier, generell schien die ganze Gegend wie ausgestorben. Auch ihr Zelt stand sehr einsam unter Palmen im Sand. Als Anna und Pablo mit dem Essen fertig waren, gingen sie zum Strand. Der Mond war inzwischen aufgegangen und sorgte für immerhin etwas Licht - da sie keine Taschenlampe dabei hatten, kam es ihnen sehr entgegen. Ein alter, ausgeblichener Baumstamm, Strandgut, das hier schon Jahrzehnte lag, diente ihnen als Sitzplatz, und eine Weile schwiegen sie einfach nur.

Pablo begann, ihren Nacken zu küssen, und Anna spürte, wie ihr Wunsch nach Sex wieder stieg, als sie aus den Augenwinkeln einen Schatten sah. Ein Tier - Anna dachte sofort an einen Jaguar und sprang auf.

„Was ist?" rief Pablo erschrocken, dann war das Tier plötzlich nahe bei ihnen. Es war ein Hund, nicht besonders hübsch, ein Mischling offensichtlich, von der Größe eines Schäferhundes. Pablo scheuchte ihn weg.

Sie hatten sich zehn Minuten sanft geküsst, als wieder ein Schatten auftauchte. Pablos Hand war inzwischen in ihrem Slip, und Anna war feucht geworden. Ein bedrohliches Knurren kam aus der Dunkelheit. Es waren jetzt zwei Hunde. Pablo wolle sie wegscheuchen, aber einer der Hunde schnappte nach seiner Hand. Nur knapp entkam sie dem Maul des Mischlings. Der andere

Hund stellte die Nackenhaare auf und bellte zweimal heiser.

„Komm," sagte Pablo nervös, „wir müssen hier weg!"

Und dann rannten sie, die Hunde an den Fersen, so schnell sie konnten zum Zelt. Das Knurren und Bellen begleitete sie, und manchmal schnappten sie nach Pablo. Dann waren sie endlich im Zelt. Von Zeit zu Zeit sahen sie einen Schatten an der Zeltwand. An Sex war nicht mehr zu denken.

Nach dem Mittagessen ging Anna zum Strand. Pablo war zurückgeblieben, da er noch bezahlen und auf die Toilette gehen wollte. Sie hatten die Hunde heute noch nicht gesehen, aber als sie den Strand erreichte, waren sie da. Annas Herz schlug bis zum Hals, als die Hunde sie entdeckten und auf sie zugelaufen kamen. Aber etwas war anders als gestern. Sie wedelten mit dem Schwanz und winselten freudig, als würden sie ihr Frauchen begrüßen, und es schien, als wollten sie gestreichelt werden. Etwas unschlüssig strich sie über das Fell eines Hundes, zaghaft, und musste sofort an Flöhe und anderes Ungeziefer denken. Der Hund winselte erfreut.

Und dann, von einem Moment auf den anderen, wechselte die Stimmung. Die beiden Hunde stellten die Nackenhaare auf und knurrten. Anna sah sich um. Hinter ihr stand Pablo, mit Schrecken im Gesicht. Die Hunde griffen an, und Pablo drehte sich um und rannte.

„Nein!" schrie Anna, aber die Hunde hörten nicht. Sie jagten ihn fort, zweihundert Meter in den Wald hinein, dann kamen sie zurück und legten sich schwanzwedelnd zu ihren Füßen. Anna überlegte fieberhaft, was sie tun konnte. Sie versuchte, zu Pablo zu kommen, aber die Hunde ließen sie nicht aus den Augen, und wenn Pablo in Sichtweite kam, begannen sie wieder zu knurren. Und so verbrachten sie den Nachmittag getrennt.

Anna realisierte, dass sie die Sicherheit genoss, die ihr ihre beiden Bodyguards gaben. Und dass sie Pablo kaum vermisste.

Abends im Zelt, ihre Hunde hatten es sich vor dem Eingang bequem gemacht, bestand Pablo darauf, am nächsten Tag abzureisen. Sein Plan war, dass Anna am nächsten Tag einen ausgiebigen Strandspaziergang machen sollte, während er das Zelt abbauen und mit dem Gepäck vorgehen würde. Schließlich willigte sie ein.

Die beiden Hunde begrüßten sie freudig, und sie tätschelte jeden einmal, bevor sie losging. Anna hatte ihren Bikini angezogen, wer weiß, vielleicht ergab sich noch die Gelegenheit, schwimmen zu gehen. Die Natur war herrlich, wild und ungezügelt, weißer Strand und ein drängender Urwald, aus dem die verschiedensten Laute kamen. Im Sand gab es immer wieder große, bleiche Baumstämme, die vor langer Zeit angespült worden waren, und große Felsbrocken. Außer ihr war niemand unterwegs. Anna fühlte sich wie im Paradies. Die Hunde liefen in kurzem Abstand hinter ihr, und Anna fühlte sich sicher, beschützt. Beschützter als mit Pablo. Sie wollte hier nicht weg.

Anna war schon eine Weile gegangen, als sich ein Gedanke in ihre Gehirnwindungen pflanzte, der immer dominanter wurde. Wie wäre es, nackt zu sein hier im Paradies? Das Mädchen aus dem Urwald? Schließlich sah sie sich um, und da waren nur die Hunde. Anna zog an der Schleife ihres Bikinioberteils, nahm es von ihren Brüsten und beugte sich herunter, um es neben einem Baumstamm zu verstauen, dann führte sie ihre Daumen seitlich in ihr Bikinihöschen, vergewisserte sich noch einmal, dass niemand da war, und schob es die Beine hinab bis in den Sand. Jetzt war sie nackt.

Anna setzte ihren Weg den Strand entlang fort, und auch wenn es nur zwei kleine Stücke Stoff waren, die fehlten, so fühlte es sich doch ganz anders an. Die leichte Brise strich sanft über ihre Brustwarzen und ließ sie die Feuchtigkeit zwischen ihren Beinen stärker spüren. Ihre Beschützer verfolgten sie weiterhin, und in ihrer Vorstellung wandelten sie sich zu wilden Wölfen. Sie war Mogli, das Dschungelkind, und das war ihre Meute. Anna bekam das Bedürfnis, sich zu streicheln, und als der nächste mächtige Baum ihren Weg am Strand versperrte, erkletterte sie das vom

Wind und Wasser blank geschliffene Holz und legte sich mit dem Rücken in eine mächtige Astgabelung. Der eine Fuß stützte sich auf den einen, der andere auf den anderen Ast, so dass ihre Beine natürlich leicht gespreizt waren. Anna befeuchtete ihren rechten Zeige- und Mittelfinger, und während sie auf das türkisblaue Meer hinaussah, spürte sie die Freuden der ersten Berührung. Sie brauchte nicht viele Gedanken, der mächtige, undurchdringliche Urwald hinter ihr, das unberührte Meer vor ihr, ihre Meute um sie herum schufen eine sinnliche Atmosphäre, die ihr Erregungsniveau schnell steigen ließ. Aber sie wollte nicht kommen, sie wollte diesen perfekten Moment bewahren, und so fingerte sie sich immer wieder nah heran, um dann von ihr abzulassen.

Nach einer unschätzbaren Zeit knurrte einer der Hunde. Anna nannte ihn Akela. Sie sah auf und bemerkte in einiger Entfernung den Mann, der sie und Pablo am ersten Tag beobachtet hatte. Als er näher kam, stand Akela auf, seine Nackenhaare sträubten sich, und er fing an zu bellen. Anna spürte wieder dieses extrem starke Sicherheitsgefühl in ihrer Meute, und sie lehnte sich wieder zurück. Ihre Hand fand ihre Klitoris, und sie begann wieder, sich auf das Plateau zu streicheln. Der Mann war in sicherer Entfernung angehalten und beobachtete sie. Nach einigen Minuten wagte er noch einmal einen Versuch, näherzukommen, aber Akela stürmte knurrend und bellend auf ihn zu, so dass er abdrehte und wieder in sicherer Entfernung stehen blieb.

Jetzt streichelte sich Anna über den Punkt, und als die angenehmen Wellen durch ihren Körper zogen, wurde ihr eines klar. Sie brauchte Pablo nicht.

Nina

Als Anna die Tür öffnete, schlug ihr die abgestandene Luft wie ein Brett entgegen.

„Nina?" rief sie und betrat die Küche ihrer kleinen Wohngemeinschaft. Die Tür zu Ninas Zimmer war geschlossen, also stellte sie erst einmal den großen Reiserucksack in ihr Zimmer.

Pablo hatte ihre Entscheidung nicht gut aufgenommen, und obwohl sie eigentlich sicher gewesen war, war die Abschiedsszene am Flughafen schwer gewesen. Beinahe hätte sie alles rückgängig gemacht. Und jetzt vermisste sie ihn, wollte ihn am liebsten anrufen. Anna ging wieder in die Küche und machte sich einen Kaffee. Sie sah in den Kühlschrank, fast leer - es wirkte fast so, als wäre schon länger niemand mehr hier gewesen. Aber warum war dann die Haustür nicht abgeschlossen?

Anna klopfte an Ninas Zimmertür. Wartete. Klopfte wieder. Keine Reaktion. Dann drückte sie die Klinke herunter und schob die Tür einen Spalt auf. Abgestandene Luft schlug ihr entgegen, hier hatte jemand längere Zeit nicht geduscht.

„Geh weg!" jammerte es aus der Richtung ihres Bettes. Anna schlüpfte durch die Tür ins Zimmer. Nina lag in ihrem Bett, die Haarmähne im Kopfkissen vergraben. Anna ging zu ihr, setzte sich auf die Bettkante und begann, sanft über Ninas Kopf zu streicheln. Nina begann zu schluchzen.

„Was ist los?" fragte Anna nach einer Weile, und Nina erzählte.

Anna hatte gewusst, dass Nina sehr verliebt war. Ein Typ namens Paul, mit dem es schon vor den Semesterferien viel hin und her gegeben hatte. Und jetzt war es wohl endgültig aus.

Schließlich zog Anna das Rollo hoch und öffnete das Fenster.

„Du musst jetzt duschen!" sagte sie bestimmt, und Nina jammerte. Anna half ihr aus dem Bett und ins Badezimmer, und als Nina keine Anstalten machte, sich auszuziehen, half ihr Anna auch dabei.

„Duschen musst du aber selbst!" sagte Anna, doch als Nina in der Duschzelle auf den Boden sank, zog sich Anna kurzerhand aus und schlüpfte mit hinein.

„Stell dich hin, ich mach den Rest," flüsterte sie, und Nina richtete sich wieder auf. Anna nahm die Brause und stellte das Wasser auf eine angenehme Temperatur ein, dann begann sie, Nina abzuduschen.

„Warm genug?" fragte sie, und Nina nickte. Schließlich stellte Anna das Wasser ab, nahm das Duschgel und begann, Nina einzuseifen. Zuerst den Rücken, hinunter bis zum Po.

„Arme hoch," bestimmte sie, und als Nina die Arme hochnahm, seifte Anna ihre Achseln und

Arme ein. Es fühlte sich intim an, unangemessen, und doch schön. Anna kniete sich hin, und als sie über Ninas Beine strich, war ihr Gesicht nur wenige Zentimeter von ihrem Po entfernt. Sie richtete sich wieder auf.

„Dreh dich um," sagte Anna leise, und Nina folgte. Sie standen sich nun gegenüber, und wegen der Enge der Dusche berührten sie sich fast. Anna hatte die Flasche mit dem Duschgel in der Hand.

„Wäscht du deinen Intimbereich eben selbst?" fragte Anna.

„Mach du!" flüsterte Nina und schlug die Augen nieder.

Anna zögerte. Das war alles schon sehr grenzwertig gewesen, aber konnte sie Nina den Wunsch in dieser Situation abschlagen? Sie gab sich etwas Duschgel in die Hand und stellte die Flasche weg. Sie rieb das Duschgel zwischen ihren Handflächen, damit es schäumte, dann führte sie ihre rechte Hand zu Ninas Schamlippen. Nina erschauderte leicht, als Anna sie berührte. Sie rieb mit der vollen Handfläche von unten über ihre Spalte und versenkte dabei ihren Mittelfinger leicht, vor und zurück, und als Annas Mittelfinger schließlich Ninas Klitoris erreichte, schlang Nina ihre Arme um Annas Hals. Anna spürte Ninas harte Brustwarzen an ihrer Brust, Nina war etwas kleiner als sie. Sie sah sie von unten an, Schlafzimmerblick, leicht geöffnete Lippen. Sie sah so verletzlich aus, ihre sonst so toughe Nina. Anna öffnete auch ihre Lippen leicht und beugte sich einen Zentimeter vor, hastig schloss Nina die restliche Lücke zwischen ihren Lippen. Ihr Kuss war gierig und fordernd, ausgehungert. Anna wurde feucht.

Nackt schlüpften sie frisch geduscht unter Annas große Bettdecke. Es war ungewohnt, unerwartet, aber es war schön, Ninas nackte Haut zu spüren. Anna hatte schon einige Zeit nicht mehr an Pablo gedacht, und Nina schien auch gerade nicht an Paul zu denken. Die perfekte Ablenkung. Sie küssten sich weiter, und Ninas rechte Hand fand ihre Klitoris. Anna keuchte.

„Ich will dich schmecken!" sagte Nina und tauchte ab unter die Decke, bevor Anna etwas dazu sagen konnte. Nina drückte ihre Schenkel auseinander, und da war schon ihre Zunge an Annas Lustzentrum. Breit leckte sie über ihre Schamlippen bis hoch zur Klitoris, alle Nerven wurden aktiviert. Ninas Zunge blieb bei ihrer Klitoris, leckte die kleinen Fältchen, um dann die kleine Kugel selbst wieder zu reizen. Anna stöhnte. Dann spürte sie einen, nein zwei Finger an ihrer Feuchtigkeit, und als diese sanft eindrangen, begann Anna, sich zu winden. Nina hielt Annas Becken fest, drückte es herunter, ihre Zungenspitze vibrierte jetzt stark gegen Annas Klitoris. Nina wusste, was sie tat.

Nach den Orgasmen kam die Erinnerung, und als sie den Film sahen, immer noch nackt und eng umschlungen, begann Nina wieder zu schluchzen.

„Hey," sagte Anna sanft, „scheiß auf die Jungs. Ich werde immer für dich da sein!"

Nina blickte sie mit verheulten Augen an.

„Danke," flüsterte sie.

Verloren

„Wie willst du deinen Einsatz verdoppeln, du bist doch schon nackt!" fragte Marc lächelnd. Sie saßen in Annas Wohnheimzimmer, die Black Jack - Karten lagen auf dem kleinen Couchtisch, der zwischen ihnen stand. Anna stand auf, federte auf dem Fußballen und sah sich um. Ihre Kleidung lag verstreut auf dem Teppichboden, und sie spürte seine Blicke auf ihren nackten Brüsten, ihrem Po. Es war viel Genugtuung in seinem Blick. In den letzten Wochen und Monaten war es zum Spiel geworden, mit Marc zu flirten, aber nicht mit ihm zu schlafen. Anna wusste, dass es ihn ärgerte. Marc war ein Besserwisser, ein Überflieger an der Uni, und er kam aus einem reichen Elternhaus und war es gewohnt zu bekommen, was er wollte. Anna hatte es immer genossen, gerade ihn zurückzuweisen, ihn etwas zu demütigen. Aber jetzt war es soweit - in der fünften gemeinsamen Black Jack - Runde war es zum ersten Mal passiert, dass sie vor ihm nackt war. Anna ging zum Fenster und sah nach draußen.

„Sollte ich die nächste Runde verlieren, laufe ich einmal nackt ums Haus," sagte sie, und als sie sich umdrehte, bemerkte sie, wie sein Blick von ihrem Po in ihr Gesicht hochwanderte. Er grinste.

„Okay!"

Als Anna verloren hatte, öffnete Marc die Tür.

„Marc, bitte!" flehte sie, „gerade jetzt kommen so viele Studenten nach Hause!"

„Du hast es dir selbst ausgesucht," sagte er achselzuckend.

„Und wenn wir noch eine Runde spielen? Alles oder nichts?"

Marc schloss die Tür.

„Was bietest du mir an?" fragte er.

„Ich gehöre dir, einen ganzen Tag!" bat sie. Er zögerte.

„Bitte!" flehte sie.

„Einverstanden, ein ganzer Tag!" Marc setzte sich wieder und mischte die Karten. Auch Anna setzte sich. Ihre offene Karte war ein König, und als erste verdeckte gab es eine Dame. Zwanzig. Sie deutete Marc an, keine Karte mehr zu benötigen. Marcs offene Karte war eine Sieben, er nahm zwei weitere. Anna war nervös, noch nie hatte Spielen ihr so einen Kick gegeben. Nervös und erregt. Drei Karten und dabei eine Sieben, die Wahrscheinlichkeit, dass Marcs Karten besser waren als ihre, war sehr gering. Anna wollte nicht verlieren, und gleichzeitig wollte sie es. Sie hatte Lust darauf, mit Marc zu schlafen, schon seit längerer Zeit, aber gleichzeitig wollte sie ihm nicht die Genugtuung geben, zu gewinnen. Verzwickt.

„Bereit?" fragte er, und sie nickte. Gleichzeitig zeigten sie die Karten. Marc hatte drei Siebenen, insgesamt einundzwanzig. Anna hatte verloren. Eine leichte Panik stieg in ihr auf. Was würde er verlangen? Es war besser, die Kontrolle zu behalten, also stand sie auf.

„Okay," sagte sie und ging zum Bett, „du hast gewonnen." Anna setzte sich auf die Bettkante und spreizte die Schenkel.

„Hol dir, was dir gehört," sagte sie.

Marc grinste.

„So einfach wird das nicht," sagte er, „ich werde dich wissen lassen, welcher Tag es wird und was du zu tun hast."

Er stand auf.

„Für heute sind wir fertig," sagte er und ging.

Als sie zwei Tage später nach Hause kam, stand ein kleines Paket vor ihrer Tür. Anna wusste sofort, dass es von Marc war, und ihr Herz schlug schneller. Sie nahm es mit in ihr Zimmer und öffnete es. Zuerst war da ein Brief, maschinell geschrieben - das sah Marc ähnlich. Anna begann zu lesen.

Liebe Anna,

morgen ist es so weit. Ich weiß, du hast fast den ganzen Tag Uni - das passt mir sehr gut. Im Paket findest du einen Leopardenschwanz. Ich möchte, dass du ihn morgen den ganzen Tag trägst. Ich möchte, dass du dabei deinen kurzen, gelben Rock trägst, und ich möchte, dass du die Unterwäsche zu Hause lässt.

Nach der Uni kommst du bitte in das Wäldchen zwischen Nord- und Südcampus. Ich werde dort warten. Während wir uns dort sehen, ist es dir verboten zu sprechen.

Denke daran, Spielschulden sind Ehrenschulden!

Marc

Ein Leopardenschwanz? Wie von einem Karnevalskostüm? Anna kramte im Paket, und neben einer Menge Füllmaterial kam tatsächlich ein Schwanz mit Leopardenmuster zum Vorschein, aber an dem Ende, an dem sie das Gummiband oder die Klammer zur Befestigung an der Kleidung erwartete, war eine zugespitzte, silberne Kugel, nicht mehr. Es dauerte einen Moment, bis der Groschen fiel. Die Kugel war dafür da, um sie in den Po einzuführen. Der Leopardenschwanz würde durch einen Anal-Plug gehalten. Große Neugier erfasste Anna, und sie zog schnell Hose und Slip aus. Sie legte sich mit dem Rücken auf ihr Bett und zog die Knie an, so dass sich ihre Pospalte weit öffnete, und setzte die Spitze des Plugs an ihrer Rosette an. Brrr, kalt! Außerdem flutschte er nicht wie gewünscht. Anna nahm das Metallteil in den Mund und wärmte es auf, und als sie es warm und eingespeichelt ansetzte, ging es besser. Sie drückte es sanft und langsam in ihren After und musste dabei unwillkürlich an den Sex mit Pablo denken. Wie lange hatte sie schon keinen Analsex mehr gehabt! Als der

Schließmuskel hinter dem Scheitelpunkt des runden Metallteils war, flutschte es komplett in sie. Anna fühlte, wie ihr der Leopardenschwanz nun aus dem Po wuchs, zog leicht daran und spürte das Ziehen in ihrem After. Der Schwanz war fest. Sie ging zum Spiegel, betrachtete sich, drehte sich davor. Dann ging sie auf alle Viere, machte ein fauchendes Geräusch, drehte ihren Po zum Spiegel und drückte ihren Rücken durch. Jetzt reichte der Schwanz fast bis auf den Boden. Sie schlug ihn hoch, und da war ihre Muschi, feucht und leuchtend. Oh, Anna, wieso warst du nur so leicht erregbar, dachte sie, und begann dort, auf allen Vieren vor dem Spiegel, mit dem Schwanz im Po, zu masturbieren.

Anna klopfte an Ninas Zimmertür.

„Moment!" rief sie, und wenig später steckte sie den Kopf durch die Tür.

„Was gibt's?"

„Wie findest du mein Outfit?" fragte Anna, und Nina musterte sie schnell.

„Das ist der gelbe Faltenrock, den finde ich super, aber den kenne ich doch schon. Oberteil ist ein wenig gewöhnlich vielleicht." Anna drehte sich einmal um die eigene Achse.

„Was ist denn das?" fragte Nina erstaunt, „ein Kostümschwanz?"

„Ist er sehr auffällig?" fragte Anna zweifelnd.

„Naja, er guckt nicht sonderlich weit unter dem Rock hervor. Aber niemand erwartet den da. Höchstens zu Karneval vielleicht," lachte sie.

„Was hat es denn mit diesem Ding auf sich?" fragte Nina nun neugierig, und Anna begann zu erzählen.

Anna hatte wirklich darüber nachgedacht, es einfach nicht zu tun. Jetzt war sie auf dem Fußweg zur Uni, trug den gelben Faltenrock ohne Slip und spürte, wie mit jedem leichten Hüftschwung der Leopardenschwanz hin- und herschwang. Es einfach nicht zu tun, wäre nicht korrekt gewesen. Anna hatte häufig mit Marc gespielt, immer gewonnen, und Marc hatte immer brav gemacht, was sie wollte. Mit Nina hatte sie besprochen, mit den Kommilitonen einfach nah an der Wahrheit zu bleiben - sie hatte eine Wette verloren und musste deswegen jetzt diesen Karnevalsschwanz tragen. Musste ja keiner wissen, dass der an einer metallenen Kugel hing, die sich in ihrem After befand. Und dass sie keinen Slip trug, musste ja auch keiner wissen. Das half ihr nur nicht hier, auf dem Weg zur Uni. Anna hatte das Gefühl, dass sie alle anstarrten, und sie hatte das Bedürfnis, jedem zu erklären, was dieser Leopardenschwanz zu bedeuten hatte. Wie sollte sie bloß den ganzen Tag überstehen?

Vor dem Hörsaal stand eine große Traube ihrer Kommilitonen, und sie stellte sich zu Chris und

Mona. Sie erwartete, dass sie sie auf ihren Leopardenschwanz ansprechen würden, aber sie taten es nicht, also entspannte sich Anna. Es folgte eine Plauderei über den Seminarstoff, und Anna vergaß für einen Moment, was sie trug. Als sie eine ausladende Geste machte, um die Schwierigkeit des Stoffes zu betonen, spürte sie auf einmal deutlich, wie der Leopardenschwanz hin- und herschwang, sie spürte den leichten Zug in ihrem After, der durch den Schwung entstand. Und dann bemerkte sie, wie das Nachbargrüppchen zu ihr herüberstarrte, und wie sie tuschelten. Anna wurde rot.

Im Hörsaal klappte sie die Sitzfläche ihres Sitzplatzes herunter, schlug den Rock zurück, legte den Schwanz auf der Sitzfläche ab und setzte sich. Mit dem Hinsetzen bohrte sich das Metallteil noch ein wenig tiefer in ihren After. Anna mochte das Gefühl, sie genoss es. Sich jetzt auf den Professor zu konzentrieren, würde schwer werden.

Zwischen den Vorlesungen mussten sie sich beeilen, der Professor hatte die erste Vorlesung überzogen, und die nächste war am anderen Ende des Campus. Anna konnte nicht verhindern, dass sich der Leopardenschwanz auffällig bewegte, aber sie drängte die Gedanken beiseite. Der Schwanz gehörte heute zu ihr.

Als sie in der Mensaschlange stand, spürte sie plötzlich einen heftigen Zug im After und stöhnte laut auf. Anna drehte sich wütend um, und da stand Karl mit offenem Mund.

„Ist der echt?" fragte er, und Anna wusste nicht, ob er es ernst meinte.

„Klar ist der echt, du Depp!" rief sie, „mach das nicht noch einmal!"

Karl schmunzelte. „Ich wusste ja schon immer, dass du in Wirklichkeit eine Wildkatze bist."

Sie fauchte ihn an.

„Wahlessen eins, zwei oder Tagesgericht?" fragte eine gelangweilte Stimme hinter ihr. Anna drehte sich um und bestellte ihr Essen.

„Ich muss noch etwas erledigen!" verabschiedete sich Anna von der anderen, die nach den Vorlesungen noch einen Kaffee trinken wollten, und machte sich auf den Weg in das Wäldchen zwischen Nord- und Südcampus. Sie war aufgeregt, neugierig auf das, was Marc mit ihr vorhatte. Sie hatte noch nie in der Öffentlichkeit Sex gehabt, aber darauf würde es jetzt wohl hinauslaufen.

Marc war bereits da, und aus Gewohnheit hätte sie ihn beinahe wie immer begrüßt. Im letzten Moment erinnerte sie sich, dass sie nicht sprechen sollte. Es fühlte sich albern an, aber sie hielt sich daran. Und bemerkte, wieviel Interaktion über Sprache stattfand, und wie hilflos sie sich ohne fühlte.

Marc hielt ihr eine Katzenmaske hin, Anna nahm sie an und setzte sie auf. Sie war schön, phantasievoll aus Spitze gearbeitet, mit angedeuteten, spitzen Ohren.

„Zieh dich aus!" sagte er, und es würde das Einzige bleiben, was er heute zu ihr sagen würde. Anna hatte damit gerechnet, dass er das verlangen würde, und im Grunde genommen hatte sie sich schon dadurch, dass sie zum Wald gekommen war, dafür entschieden, es zu tun.

Also tat sie es. Zog ihr Top über ihren Kopf, wobei sich die Maske kurz verhakte, ließ dann den BH folgen. Es knackte hinter ihr im Wald, und sie sah sich um, aber da war niemand. Es machte Anna wieder bewusst, wie öffentlich dieser Ort hier war. Ambivalente Gefühle fluteten sie, der Gedanke, dass jederzeit jemand kommen konnte, erregte sie, und gleichzeitig wollte sie nicht, dass sie jemand so sah.

Sie blickte zurück zu Marc und bemerkte seinen fordernden Blick, also zog sie den gelben Faltenrock schnell ihre Schenkel hinab. Jetzt war sie nackt, bis auf die Katzenmaske und den Leopardenschwanz.

Marc umkreiste sie mit einem Lächeln, betrachtete sie von allen Seiten. Dann begann er sie zu streicheln, zu betatschen, ihre Brüste, ihren Po. Oh ja, sie wusste, wie sehr er das schon immer gewollt hatte, und wie sie sich ihm immer wieder entzogen hatte. Jetzt legte er seine Hand auf ihr Haupt und gab mit sanftem Druck zu verstehen, dass sie in die Knie gehen sollte. Sie folgte dem Druck, ja, heute hatte er das Sagen. Er hatte seine Hose geöffnet, und da war sein Schwanz, den sie schon einige Male in Aktion beobachtet hatte, und doch war sie ihm noch nie so nah gewesen. Anna öffnete die Lippen und nahm seinen halbsteifen Schwanz in den Mund. Ihre Zunge spielte mit seiner Eichel, und schnell wuchs er, explodierte förmlich in ihrem Mund. Anna sah durch die Katzenmaske nach oben, und in seinen Augen lag eine tiefe Genugtuung. Sie entließ seinen Schwanz aus ihrem Mund, jetzt komplett steif und prall, und küsste seine Eichel von unten. Sie hielten den Blickkontakt, während sie mit der Zungenspitze das Vorhautbändchen reizte, während sie sich seinen Schaft hinabküsste, um dann einen Hoden in den Mund zu nehmen. Ihre rechte Hand nahm nun seinen Schwanz in die Hand, begann, ihn zu reiben, während ihre Zunge seine Eier im Hodensack hin- und herschob. Marc stöhnte auf, genoss es, ließ sie gewähren. Schließlich spürte sie wieder seine Hände auf ihrem Kopf, und den sanften Druck, der ihr bedeutete, tiefer zu gehen. Wieder ließ sie seinen Schwanz aus ihrem Mund gleiten und folgte dem Druck, griff in die getrockneten Blätter des Vorjahres, die den Waldboden bedeckten, roch den herben Geruch des Waldes und ging auf alle Viere. Marc war nun hinter ihr, und sie spürte, wie er den Leopardenschwanz hochschlug. Anna konnte nur ahnen, was er jetzt sah, aber sie drückte den Rücken durch und stellte die Schenkel auseinander, um ihm einen besseren Blick auf ihre feuchte Muschi zu ermöglichen. Einen unendlichen Augenblick lang passierte nichts, dann spürte sie etwas, ein, nein zwei Finger an ihren Schamlippen, die Finger zeichneten sie nach, drangen schließlich mit sanftem Druck tiefer in die feuchte, fleischige Falte. Die Fingerkuppen pressten sich kreisend auf ihre Klitoris, und Anna stöhnte zitternd auf, dann drangen die beiden Finger in ihre Feuchtigkeit ein. Mit dem Daumen drückte Marc den Plug wenige Millimeter tiefer in sie, und seine Finger erfühlten das große, runde Metallteil durch ihre Muschi. Unwillkürlich keuchte Anna wieder laut auf, und sie realisierte, dass es ganz schön eng werden würde, wenn sein Schwanz erst einmal in ihr wäre. Marc fickte sie mit den beiden Fingern, und sie hörte das typische schmatzende Geräusch, wenn sie sehr feucht war, dann zog er sie wieder heraus, und die Fingerkuppen kreisten über ihrer Klitoris. Schließlich zog er sich zurück, und Anna hörte das Reißen der Kondomverpackung, das Entrollen des Kondoms auf seinem Schwanz, ja, gleich würde sie ihn spüren, endlich, er kniete sich hinter sie in die Blätter, und dann teilte seine große, pralle Eichel ihre feuchten Lippen. Anna stöhnte auf, als er ihn sie rutschte, und sie spürte, wie der Plug und sein Schwanz um den Platz in ihrem Körper kämpften. Marc begann, sie zu stoßen, und Anna lehnte sich auf ihre Ellenbogen, um die

Stöße abzufedern. Ihre wippenden Brüste berührten fast den Boden, während seine großen Hoden bei jedem Stoß feucht gegen ihre Klitoris klatschten.

„Oh ja!" stöhnte Marc. Oh ja, das hatte er sich verdient.

Sie gingen zurück zum Campus, die Knie braun vom Waldboden, erschöpft.

„Wir können das ja mal wiederholen," sagte Marc halb fragend an der Stelle, an der sie sich trennen mussten.

Anna lachte.

„Auf keinen Fall," sagte sie, „das nächste Mal gewinne ich wieder, und dann wird es ganz anders laufen."

Puerto Escondido

Puerto Escondido, versteckter Hafen, ein romantischer Name für ein verschlafenes Surferdorf. Zuerst hatte er sich irgendwie fehl am Platz gefühlt, da er anscheinend der einzige junge ausländische Mann im Dorf war, der kein Surfbrett hatte. Es gab mehrere Strände in Puerto Escondido, aber sein Lieblingsstrand war ein relativ kleiner, den man nur über eine lange, geschwungene Treppe aus rotem Backstein erreichen konnte. Der Strand selbst war vielleicht hundert Meter lang und zwanzig Meter breit, aus weißem Sand, gesäumt von hohen Felsen. Natürlich fehlten auch hier nicht die obligatorischen Sonnenschirme und zwei kleine Stände, an denen man Bier und andere Getränke kaufen konnte. Wahrscheinlich gab es in ganz Mexiko keinen unberührten Strand mehr in der Nähe von Siedlungen.

Tagsüber waren immer einige Leute da, die Surfer natürlich, aber auch Familien, immer einige Backpacker wie Marcel, wenige Einheimische. Die Mexikaner schienen immer erst abends an die Strände zu gehen. Es war der zweite Tag seines Aufenthalts in Puerto Escondido, und er war alleine unterwegs. Irgendwie war ihm nicht nach Gesellschaft. Er lag auf seinem Handtuch mit seiner Schwimmshorts und Sonnenbrille und beobachtete die Leute. Es waren etwa zehn Surfer im Wasser, die die meiste Zeit darauf warteten, dass eine gute Welle kam, was heute anscheinend nicht so häufig der Fall war. Sie machten den Eindruck von lauernden Raubtieren, Krokodilen vielleicht, immer darauf wartend, dass das Opfer nah genug kam.

Auf dem Strand selbst waren nicht so viele Leute. Weiter weg auf der linken Seite lag der Engländer mit den herausgebrochenen Zähnen, den man fast gar nicht verstehen konnte und der wegen der Pilze in der Gegend war. Angeblich hatte er vor einigen Tagen einen Trip durchlebt, bei dem er acht Stunden hier im Wasser nachts geschwommen war.

Und etwa zehn Meter rechts von ihm lag eine junge Schönheit. Sie hatte schulterlanges, pechschwarzes Haar, sie war weiß, aber schön gebräunt. Sie trug einen knappen, schwarzen Bikini, der am Rücken und an der Hüfte durch eine Schleife fixiert war. Marcel stellte sich vor, diese Schleifen zu lösen. Ihr Körper wirkte durchtrainiert, es war offensichtlich, dass ihre Brüste sich selbst trugen und keine Unterstützung durch das Bikini-Oberteil nötig hatten. Sie war jung, sie mochte vielleicht achtzehn Jahre alt sein. Auch das machte sie interessant, passte es doch so gar nicht ins Schema. Zu jung, um eine Backpackerin zu sein, und zu alt, um mit der Familie hier zu sein.

Sie saß auf ihrem Handtuch, nach hinten gelehnt, und stützte ihren Oberkörper mit den Armen ab. Auch sie trug eine Sonnenbrille, so dass er nicht sicher sein konnte, ob er sie ansah. Um ihren linken Knöchel trug sie ein ledernes Fußband. Jetzt lächelte sie in seine Richtung. Er lächelte zurück. Und nahm sein Handtuch, um sich neben sie zu legen.

Marcel sprach sie auf Spanisch an, und sie antwortete auf Spanisch. Emily hieß sie, und sie war achtzehn. Sie war Kalifornierin, aber trotzdem unterhielten sie sich weiter auf Spanisch. Ihre Eltern waren hier hergezogen und hatten nun ein Haus in Puerto Escondido. Während sie sich unterhielten, strich sie immer wieder ihre Haare aus dem Gesicht, oder sie spielte neckisch mit ihrem ledernen Fußband. Emily spielte Gitarre und wollte hier in einem Club auftreten, Marcel konnte sich das gut vorstellen, eine sinnliche Strandnixe mit Songwriter-Potenzial. Sie nahm ihre Brille ab. Sie hatte schöne dunkle Augen.

„Du siehst gut aus!" sagte Marcel. Sie lächelte ihr breitestes Lächeln.

„Danke! Du aber auch!"

„Hast Du einen Freund hier in Puerto Escondido? Vielleicht einen hübschen Mexikaner?" Er knuffte sie leicht in die Seite und lächelte verschmitzt.

„Nein," sagte sie und lächelte hintergründig, „ich mag es nicht, mich zu binden."

Und das, was bei diesem Satz mitschwang, verstärkte das Kribbeln des Flirts in seinem Magen mehrfach, und er spürte, wie das Blut in seinen Penis strömte.

„Du bist ja auch ziemlich jung!" sagte er und ließ den Satz so stehen.

„Du willst sagen, ich sei unerfahren, stimmt's?" Sie lächelte herausfordernd. Die Situation machte ihn an.

„Mit wie vielen Männern hast du denn schon geschlafen?" fragte er, und im selben Moment, als die Worte seinen Mund verlassen hatten, verfluchte er sich, er verfluchte sich, weil er alles zerstört hatte mit seiner Frivolität, weil er jetzt nie erfahren würde, wie ihre Lippen schmecken. Er war zu weit gegangen.

„Fünfzehn," sagte sie, einfach so.

„Fünfzehn?" wiederholte er ungläubig, immer noch ganz baff von der Tatsache, dass sie ihm keine Ohrfeige gegeben hatte.

„Ja. Ich bin nicht sonderlich stolz drauf, ist halt so passiert. Wir sind ja erst vor ein paar Wochen hergezogen, vorher waren wir anderthalb Jahre in Guanajuato, und da war ich halt voll in der Partyszene."

Er wusste nicht, ob er ihr das abnehmen sollte, aber er wollte es. Er wusste nicht, was er sagen sollte.

„Wollen wir ins Wasser?" fragte sie in die Stille.

„Ja, gute Idee!" sagte er. Anmutig erhob sie sich, auch er stand auf, obwohl er wusste, dass seine Shorts etwas weiter ausgebeult waren als normal. Sie lächelte und nahm seine Hand, gemeinsam schritten sie hinunter zum Wasser. Es wurde relativ schnell tiefer, sie berührten sich unter Wasser, dann legte er seine rechte Hand auf ihren Po, ihren festen, runden Po, und zog sie heran. Das Wasser reichte ihm jetzt bis zur Brust, und Emily schlang ihre Beine um ihn.

„Du gehst ja ran!" sagte sie und lächelte wieder. Seine Erektion wäre jetzt nicht mehr zu verbergen gewesen, wenn nicht das Wasser diese Aufgabe übernommen hätte. Sie schlang ihre Arme um ihn und rückte näher, ihre Brüste auf der Höhe seiner Augen. Dann rutschte sie langsam hinab. Er realisierte, dass sie nun jeden Moment seine Erektion spüren würde, jeden Moment würde die warme, weiche Stelle ihres Körpers, die nur von einem knappen Slip verdeckt war, genau auf der Ausbuchtung in seinen Shorts landen, und er wusste nicht, was er tun sollte, er war paralysiert.

Und dann war es passiert, sie saß auf seiner Eichel, und er sah diesen wissenden, abgeklärten Blick in ihren Augen, aber war da nicht auch das Flackern der Erregung? Ja, dieses Mädchen hatte schon viele Schwänze gesehen.

„Ich gefalle Dir wohl!" sagte sie.

„Ja!" stammelte er, mehr fiel ihm nicht ein. Er wollte sie bloß noch küssen, diese herrlichen Lippen, er zog sie noch näher heran, seine Lippen näherten sich den ihren.

Sie riss sich los und schwamm davon, in tieferes Gewässer. Er war verdutzt, wusste nicht, wie er reagieren sollte. Sie war schon fünfzehn Meter entfernt, als sie inne hielt und sich umdrehte.

„Hey Marcel! Bist du zu Stein erstarrt?"

Und er besann sich und schwamm ihr hinterher. Sie war eine gute Schwimmerin, aber mit ihm konnte sie nicht mithalten. Langsam aber sicher kam er näher, unter ihm war der Meeresboden schon nicht mehr zu sehen. Dann fasste er sie am Knöchel, und ihre sonst gleichmäßige Schwimmbewegung wurde abrupt unterbrochen. Sie strampelte sich frei, aber er fasste sie an der Hüfte, zog sie heran, so dass sie seine Erektion am Po spüren musste. Es war ein Kampf, der sie teilweise unter Wasser brachte, er schob seine rechte Hand in ihren Slip, während die linke nach oben rutschte, zu ihren Brüsten. Ihre Nippel waren hart, und er wusste, dass es nicht von Kälte kommen konnte. Mit den Zähnen öffnete er die Schleife am Rücken, und ihr Bikini-Oberteil löste sich. Ihre perfekten Brüste waren nun vom Stoff befreit. Seine rechte Hand in ihrem Slip begann sie zu massieren, und ihre Abwehrbewegungen wurden immer halbherziger.

Schließlich drehte sie sich um, und er konnte die Lust in ihren Augen sehen. Diesmal riss sie sich nicht los, als er sie küsste, im Gegenteil, sie erwiderte den Kuss leidenschaftlich. Dann sah sie ihn mit einem breiten Lächeln an.

„Du willst mehr, was?" Er nickte.

„Was hältst Du davon, wenn wir uns heute Abend hier am Strand treffen?" Natürlich fand er die Idee gut.

„Ich habe nur eine Bedingung!"

„Welche?"

„Du holst mir jetzt mein Bikini-Oberteil wieder!"

Er sah sich um. Es war nicht zu sehen. Doch! Da unten! Emily hatte sich schon gelöst und schwamm zum Strand zurück. Er konnte sehen, wie sie, einer Strandnymphe gleich, barbusig aus dem Wasser stieg, lächelnd, sich der Zuschauer bewusst. Dann tauchte er hinab.

Als sie endlich kam, wartete er schon eine halbe Stunde. Sie trug einen sehr knappen Jeans-Rock, der, wenn sie sich umdrehte, gerade noch den Blick auf die kleine Falte zwischen Po und Oberschenkel freigab. Ihr schwarzes Top war tief ausgeschnitten, Marcel konnte noch die schwarze Spitze des BHs hervorschauen sehen. In der Hand trug sie eine Jacke, an ihren zierlichen Füßen trug sie Flip-Flops.

„Hallo!" sagte Marcel und begrüßte sie mit einem sanften Wangenkuss.

„Hallo Marcel!" Sie lächelte, um dann fortzufahren. „Ich hoffe, du hast an die Getränke gedacht!"

Marcel zeigte auf den Rucksack, in dem sich die Flasche Barcardi und die Cola befand, wie von ihr gewünscht.

„Gut!"

Marcel trug ein weißes Hemd, das er offen gelassen hatte, und Shorts. Es war immer noch sehr warm. Er ergriff ihre Hand, dann begannen sie den Abstieg. Es war bereits dunkel, und der Strand war vollkommen unbeleuchtet. Der Mond ging gerade auf, und eine schwache Brise strich durch ihre Haare. Es war perfekt.

Der Strand schien menschenleer, allerdings konnte man das in der Dunkelheit nicht so genau ausmachen. Auf jeden Fall verwendete niemand eine Lichtquelle. Schweigend gingen sie bis ans Ende des Strandes und setzten sich dort in den Sand.

Im Mondlicht leuchtete ihr Gesicht silbern, das Meeresrauschen ließ ihn innerlich vollkommen ruhig werden.

„Es ist so schön!" sagte sie.

„Ja!" sagte er.

Dann holte er den Rum, die Cola und zwei Becher hervor und bereitete ihnen beiden eine Mischung, die es in sich hatte.

Eine Stunde später war der Rum leer, und er wusste alles über sie, über ihr Leben, über ihr wildes Liebesleben. Sie hatte viel getrunken und gekokst in Guanajuato, und wenn sie jemanden gewollt hatte, hatte sie mit ihm gevögelt. Ihre Eltern waren Hippies, zu Geld gekommene Hippies, die anscheinend nichts dagegen hatten, wenn ihre Tochter ihre sexuellen Erfahrungen machte.

Aber sie hatten natürlich auch nicht alles mitbekommen.

„Welchen Körperteil von dir magst Du am liebsten?" fragte Marcel schließlich in das Meeresrauschen hinein.

Sie schien kurz zu überlegen. „Meine Lippen!" sagte sie dann. Sie saß auf ihrer Jacke, mit den nackten Füßen im Sand, ihre schönen, ebenmäßigen Beine waren angewinkelt und ihr Oberkörper leicht zurückgelehnt. Sie lächelte.

„Du hast Recht," sagte er, beugte sich vor und küsste sie. Sie schmeckte nach Rum und Cola, Meersalz und Leidenschaft. Fordernd stieß er seine Zunge in ihren Mund, begierig wurde sie schon von der ihren erwartet, und sie tanzten miteinander. Dann wurde er zärtlicher, berührte ihre Lippen nur noch sanft wie ein Schmetterling, ließ dann ganz von ihr ab und betrachtete sie nur stumm. Ihre Lippen waren leicht geöffnet, in Erwartung, ihre Augen geschlossen. Als sie bemerkte, dass er nicht wiederkam, öffnete sie ihre Lider, aber nur halb, er konnte ihre Erregung deutlich sehen.

„Mach weiter!" hauchte sie. Und er führte seine Lippen wieder zu ihren, sie schloss ihre Augen wieder, und ganz sanft berührte er sie wieder, dann ihre Wangen, ihre Stirn, den empfindlichen Bereich an der Seite des Halses, hoch zu ihren Ohrläppchen, bei denen er etwas verweilte. Dann arbeitete er sich langsam nach unten den Hals hinab, begleitet von ihrem schweren Atem, bis in ihr Dekolleté, bis zum Ansatz ihrer herrlichen, festen Brüste.

Wieder sah er ihr in die Augen, und der Zungenkuss, der nun folgte, übertraf den ersten an Leidenschaft um ein Vielfaches. Eine harte Erektion hatte sich in seiner Hose gebildet, und er fühlte ihre harten Nippel unter dem Stoff. Er zog sie nun auf seine Hüfte, ihre nackten Knie rechts und links neben ihm im Sand, ihr Po auf seinen Oberschenkeln, ihre Pussy ganz nah an der Ausbuchtung in seiner Hose. Jetzt küsste sie ihn von oben, und während seine rechte Hand ihren Rücken streichelte, fand seine linke den Weg unter ihren schmalen Rock. Trug sie überhaupt Unterwäsche, ah ja, da war der String, der sich durch ihre Pospalte zog, er folgte dem Bändchen am After vorbei, bis er ihre feucht-warmen Schamlippen erreichte. Er tauchte den Zeigefinger leicht ein, sie stöhnte auf. Emily war klitschnass.

Sie unterbrach den Kuss jetzt, um sich ihr Top über den Kopf zu ziehen, und den schwarzen Spitzen-BH ließ sie gleich folgen. Ihre perfekten, festen Brüste waren nun direkt vor seinem Gesicht, und er konnte nicht anders, er musste sie küssen. Ihre Brustwarzen waren dunkel, ein Kontrast zu ihrer im Mondlicht hellen Haut, passend zu ihren dunklen Augen und Haaren. Er berührte die rechte Brustwarze mit seiner Zungenspitze und spürte, wie ihr Körper erschauerte. Sie hatte wieder die Augen geschlossen, ihre zierlichen Hände hatte sie in seinem vollen Haar vergraben.

Jetzt begann er, mit seinen Lippen die Unterseite ihrer Brust zu liebkosen, der Übergang von der Brust auf den Bauch war ebenmäßig und sanft. Er ließ sich viel Zeit, und durch das sanfte Zittern, das ab und zu ihren Körper durchfuhr, wusste er, dass er das Richtige tat. Er wanderte hoch, bis zum Brustwarzenhof, umkreiste ihn und zog dann sanft ihre Bikinibräunungsgrenze nach. Offensichtlich mochte sie knappe Bikinis.

Jetzt war es Zeit für ihre Brustwarzen. Er neckte sie zuerst mit der Nase, stieß immer wieder gegen ihre erigierten Nippel, um dann plötzlich und unvermutet ihre rechte Brustwarze komplett mit seinen Lippen zu umschließen und einmal kurz kräftig zu saugen. Emily stöhnte laut auf. Er ließ wieder von ihr ab, nahm jetzt die Zunge, um ihre linke Brustwarze zu lecken, sanft mit der Zungenspitze, immer wieder, bis sie leicht angetrocknet war und die Berührung dadurch mehr reizte, dann nahm er auch diese Brustwarze ganz in den Mund und saugte einmal kräftig, während seine großen Hände ihre Pobacken fassten. Sie reagierte mit einem Stöhnen und spannte ihre Pobacken so fest an, dass sie fast wie aus Stein schienen. Ja, sie war sehr gut trainiert.

Mit ihren Händen führte sie seinen Kopf nach hinten und sah ihn mit halb geöffneten Augen an. Sie küsste ihn wild und hemmungslos und feucht, während sie mit ihren geschickten, kleinen Händen seine Shorts öffnete. Seine rechte Hand hatte er wieder hinuntergeschoben bis hinten zum Ansatz ihrer Schamlippen, und sie streckte ihm ihren Po entgegen, damit er mit seinen Fingern besser eindringen könnte. Sie war so feucht. Seine Shorts waren offen, und sein harter, praller Schwanz sprang hervor. Er fingerte nach einem Kondom in seiner Tasche, hatte eins, riss die Verpackung auf und rollte es über. Es musste schnell gehen, es war ein Notfall.

„Come on, Marcel!" rief sie, dann schob sie ihren Slip beiseite, hob ihr Becken an und rutschte auf seinen Schwanz. „Ohhhh!" entfuhr es ihr, dann war er tief in ihr. Sofort begann sie, ihr Becken vor und zurück zu bewegen, auf und ab, schnell wurde ihr Atem hastiger. Er erstickte ihr Keuchen in heißen Küssen, während seine kräftigen Hände ihre Pobacken fassten und er begann, ihre Bewegungen zu kontrollieren, mal schnelle und heftige Stöße aufeinanderfolgen ließ, um ihre Vagina dann fast ganz zu verlassen. Er sah ihr in die Augen, die halbgeöffneten Lider, während sie seine Eichel an ihren nassen Schamlippen spürte, um dann diese dann zu teilen und wieder in sie einzudringen, und er sah, wie sich ihre Augen weiteten, und er hörte, wie ihren Lippen ein lautes Stöhnen entfuhr. Und wieder vögelten sie schnell und heftig, bis er sie ganz auf sich schob, ihren Po griff, sich abstützte und aufstand. Sie klammerte sich an ihm fest, und er war jetzt ganz tief in ihr drin. Mit seinen kräftigen Armen hob er sie an und ließ sie dann wieder auf seinen Schwanz niederfahren, immer und immer wieder.

Sie küssten sich wieder leidenschaftlich, und er trug sie zu einem nahen Tisch, an dem man tagsüber Cocktails genießen konnte. Er setzte sie ab, sie legte sich auf den Tisch, und er nahm ihre Beine über seine Schultern. Er liebte diese Position, weil er so gut sehen konnte, wie sein Schwanz in ihre feuchte Muschi glitt, und der Glanz im Mondlicht verriet ihm, dass sie sehr feucht war. Mit seinem Daumen begann er nun, ihre Klitoris zu streicheln, während er wieder stärker in sie eindrang, und es dauerte nicht lange, bis die erwarteten Reaktionen kamen. Sie begann zu zucken, schien sich seinem Daumen entziehen zu wollen, aber er ließ das nicht zu, und hielt sie mit festem Griff in Position. Sie bewegte sich immer abrupter und unkoordinierter, unkontrollierter. Auch vögelte er sie nun heftiger, wollte er doch auch bald kommen. Sie keuchte immer lauter, und dann spürte er die Zuckungen in ihrer Muschi, die ihm zeigten, dass sie kam, ihr Körper glänzte nun komplett vor Schweiß. Sie stieß ihn leicht zurück, anscheinend war ihre Muschi empfindlich geworden, aber noch während die letzten Wellen des Orgasmus sie durchfuhren, stieg sie geschickt vom Tisch, entfernte das Kondom von seinem Schwanz und begann, ihn mit ihrer zarten, kleinen Hand zu wichsen. Sie machte es gut, sein Schwanz war prall und hart, und es dauerte nicht lange, bis auch er kam und sein Sperma zwischen ihre perfekten Brüste spritzte.

„Fucking good!" sagte sie danach, und als sie sah, wie sich sein Sperma über ihren Oberkörper verteilte, deutete sie nur auf das Meer. Nackt, wie Gott sie schuf, sprangen sie in die Wellen, und er genoss die leichte, warme Brise, den wolkenlosen Himmel, den silbrigen Mond, die Schattenbilder der Palmen und das Gefühl der völligen Nacktheit. Das Adrenalin in den Adern. Er schwamm ihr hinterher, holte sie ein. Sie lächelte ihn an, und er bekam wieder eine Erektion. Dann kamen sie sich im Wasser sehr nah, er zog sie heran und umarmte sie, sie saß wieder auf seiner Erektion. „Du hattest wohl nicht genug," sagte sie, „ich auch nicht!" Und sie küsste ihn leidenschaftlich.

Jagd

„Gut so, bald haben wir es geschafft," sagte die Künstlerin und setzte den Pinsel ab. Inzwischen saß Anna schon anderthalb Stunden nackt im Atelier. Die ocker-gelbe Grundierung hatte die Künstlerin mit einer Sprühdose gemacht, am Bauch deutlich heller als am Rücken.

„Wollen Sie nicht im Intimbereich ein Höschen tragen, das sieht man nachher auf den Fotos kaum!" hatte die Bodypainterin gefragt, aber Anna wollte nicht. Sie wollte nackt sein.

Jetzt wurde die schwarze Leopardenfellzeichnung gemalt, und der Pinsel kitzelte etwas. Anna konzentrierte sich.

„Das werden aufregende Fotos!" sagte die Künstlerin. Anna nickte. Die Fotos waren ihr egal. Sie wollte in die Natur. Sie wollte diese Leopardin sein. Nicht darstellen. Sein.

Hatte Marc das alles ausgelöst? Der Leopardenschwanz faszinierte Anna mehr, als sie gedacht hätte. Sie mochte ihr animalisches Ich, und auch wenn sie den Leopardenschwanz nicht mehr öffentlich getragen hatte, seit Marc es von ihr verlangt hatte, so trug sie ihn doch immer häufiger im Privaten.

Und dann war sie auf dieser Verbindungsparty gewesen. Erst hatte sie sich völlig fehl am Platz gefühlt, wie in einer absurden Parallelwelt voller Alkohol und toxischer Männlichkeit, bis sie ein Gespräch belauschte und sich direkt einmischte.

„Ihr schießt mit Betäubungsgewehren aufeinander? Ist das nicht total gefährlich?" Die drei Jungs schauten sie erstaunt an, sie hatten wohl nicht mitbekommen, dass Anna etwas vom Gespräch gehört hatte. Die Mienen der drei Männer hellten sich auf. Männer waren so einfach, jetzt würden sie angeben, ihr großmütig etwas erklären, und das Einzige, das sie tun musste, war brav nachzufragen.

„Nein, das ist nicht gefährlich. Der Pfeil geht in den Muskel, die Dosierung ist genau richtig, und man ist innerhalb einiger Minuten weg. Und wacht dreißig Minuten später ohne Folgen auf," erklärte ihr der Größte der drei.

„Und das macht ihr zum Spaß ab und zu?" fragte sie.

„Ja, ab und zu, in Teams," sagte er, „wieso fragst du?"

Ab da wurde der Abend interessant. Sie setzten sich abseits an einen Tisch, und nach einigen Getränken erzählte Anna, dass sie davon träumte, gejagt zu werden. Dass sie davon träumte, eine Großkatze zu sein, geschmeidig und elegant, frei von allen Konventionen. Die Jungs hingen ihr an den Lippen.

„Willst du dann nackt sein?" fragte einer der drei.

„Ja, komplett nackt. Ich möchte es spüren, wisst ihr? Wirklich spüren."

Eine Weile sagte niemand etwas.

„Und was machen wir mit dir, wenn wir dich erlegt haben?"

„Derjenige, der mich erlegt, darf mich zähmen," sagte Anna.

André sprang von der Ladefläche. Er war der letzte, der abgesetzt wurde, möglichst weit von den beiden anderen Jägern. "Bis später!" rief er Jan zu, dann rauschte der Jeep davon. André überprüfte das Gewehr, es war alles in Ordnung. Jeder der drei Jäger hatte nur drei Betäubungsschüsse, wenn die drei weg waren, hatte er nur noch die Chance, das Leopardenmädchen mit der Hand zu überwältigen. Und er war sehr entschlossen, diese Nacht mit Anna zu verbringen. Er sah sich das Armband um sein rechtes Handgelenk genauer an. Es war die Chance, die dem Leopardenmädchen gegeben wurde. Oben auf dem Armband befand sich ein roter Knopf, der, wenn er gedrückt wurde, eine kleine Nadel mit Betäubungsmittel in die Haut des Jägers schob, und dieser verlor dann innerhalb von dreißig Sekunden das Bewusstsein. Außerdem aktivierte es einen Peilsender, der Jan sagte, wo sich die betäubte Person befand, damit sie abgeholt werden konnte. Dieses Armband hatte er zu beschützen.

Er sah sich um. Er stand vor einem Feld mit meterhohem, verdorrten Gras, das in einen Laubwald überging. Dann sah er auf die sehr ungenaue Karte, die Anna gezeichnet hatte. Es war auch eine von Annas Bedingungen gewesen, dass sie sich das Gebiet aussuchte. Er befand sich am Westrand des erlaubten Gebietes, grob war die Grasebene und der Wald eingezeichnet. In der Mitte des Waldes befand sich ein Hügel, der hauptsächlich von Büschen bewachsen war, André beschloss, erst einmal dort hinzugehen, von dem Hügel würde er einen guten Überblick haben, außerdem war es gut möglich, dass sich das Leopardenmädchen dort verstecken würde. Er wollte gerade das Grasmeer durchqueren, als ihm etwas auffiel. Etwa acht Meter weiter war das Gras am Rand etwas niedergedrückt, er beschloss, sich das genauer anzusehen. Und tatsächlich, es war nicht der Wind, der das Gras niedergedrückt hatte, sondern das Leopardenmädchen, denn er fand eine eindeutige Spur ihrer engen Mokassins, die einzige Kleidung, die sie trug. André richtete sich wieder auf und beobachtete das Grasmeer genau. Bewegten sich die Gräser da hinten nicht ungewöhnlich? Nein, das musste der Wind gewesen sein. Langsam folgte er der Spur.

Vorsichtig lugte Anna über die Grasebene. Es war André, und er hatte ihre Spur entdeckt. Durch das Grasmeer würde er ihre Spur leicht verfolgen können, im Wald allerdings nicht mehr. Aber dann würde sie ihn im Rücken haben, während sie auf die zwei anderen Jäger achtgeben müsste. Nein, sie musste ihn hier loswerden. Anna war nun stark erregt, ihre Klitoris pulsierte, ihre Brustwarzen fühlten sich an wie kleine, in ihre Haut eingelassene Steine, ihre Schamlippen waren nun auch von außen sichtbar purpurrot, und ihre Scheide triefte nur so von ihrem Erregungssaft. Das war die Situation, von der sie immer geträumt hatte, und sie war noch viel geiler als in ihrer Vorstellung. Anna begann, sich vorsichtig an André anzuschleichen. Immer dann, wenn er aufsah, blieb sie stehen, und ihre Leopardentarnung funktionierte perfekt in dem hohen Gras. Bald verfolgte er wieder die Spur. Jetzt war er nur noch zehn Meter entfernt, näher konnte sie sich nicht anschleichen, ohne dass das Risiko der Entdeckung zu groß war. Sie beschloss, ihn jetzt anzugreifen.

Plötzlich erhob sich ein schlanker, nackter Mädchenoberkörper aus dem hohen Gras etwa zehn Meter neben ihm und sprang mit einem Kampfschrei leichtfüßig auf ihn zu. Die Leopardenbemalung war perfekt, und ihre Brüste wippten aufreizend mit dem Sprung, kurzum, ihre Attraktivität nahm ihm den Atem. Dann besann er sich, riss das Gewehr hoch und wollte abdrücken. "Scheiße!" rief er, als er bemerkte, dass es noch nicht entsichert war, und noch während er am

Gewehr herumfingerte, schleuderte ein Tritt mit dem Fuß eben jenes Gewehr etwa fünf Meter seitlich von ihm in das Gras. Er hatte es noch gar nicht richtig realisiert, als ihn ein zweiter, gekonnter Tritt in den Brustkorb traf. André verlor das Gleichgewicht und torkelte nach hinten. Anna hatte ihnen aber vorher nicht erzählt, dass sie den schwarzen Gürtel in irgendeiner Kampfsportart hat, dachte er, als sie ihm die Beine wegriss. Sie hatte nur gesagt, dass sie alle Möglichkeiten zur Verteidigung, die sie in ihrer Nacktheit ohne irgendwelche Hilfsmittel haben würde, auch anwenden dürfte, und damit waren die drei einverstanden gewesen. André prallte mit dem Rücken auf den Boden, und für eine kurze Zeit nahm ihm der Aufprall den Atem, dann rollte er sich blitzschnell zur Seite, aber das Leopardenmädchen war noch schneller. Als er aufstehen wollte, spürte er, wie ihm wieder die Beine weggerissen wurden, und noch bevor er irgendetwas machen konnte, fand er sich mit dem Gesicht auf dem Boden wieder, während er ihre Knie in seinem Rücken fühlte und spürte, wie sie ihm den Arm verdrehte. "Ganz ruhig!" sagte das Leopardenmädchen über ihm, "ein Mucks von dir und ich drücke den Knopf!" Dann lockerte sie den Griff, allerdings behielt sie den Finger fest am Knopf. "Dreh dich herum!" forderte sie ihn auf, und er tat es. Ihr Lächeln war jetzt noch tausendmal attraktiver als auf der Party, und alles, ihre Katzenaugenkontaktlinsen, ihre schwarze Stubsnase, ihre perfekte Zeichnung auf dem perfekten Körper, vor allem ihre Brüste mit den harten Brustwarzen, machten ihn an. "Tja, schade, aber du wirst es heute Nacht wohl nicht sein, was?" sagte sie. Diese herrliche, sanfte Stimme. "Ja, es ist unermesslich schade!" sagte er. "Aber du sollst nicht ganz leer ausgehen!" sagte sie lächelnd, dann küsste sie ihn mit ihren schwarzbemalten Lippen. André schob seine Zunge hervor, und sie akzeptierte sie, so dass es ein Zungenkuss wurde. Anna löste ihre Lippen von seinen. "Aber jetzt muss ich dich töten!" sagte sie, schob ihren Mund an seine Kehle, biss zaghaft hinein - und drückte dabei den Knopf. Gleich würde er bewusstlos werden. Es war schon seltsam, das zu wissen, aber noch war es nicht so weit. Das Leopardenmädchen hob ihre Hüfte, um dann ihre Scham über seinem Gesicht niederzusenken. Er sah, wie ihre Schamlippen auf ihn zukamen, er roch ihren Erregungssaft, dann war ihre Muschi auf seinem Gesicht, und ihr Saft verteilte sich überall. Er stieß seine Zunge zwischen ihre Schamlippen und hörte, wie die Katze aufschnurrte, er leckte ihren Saft von ihren Schamlippen und ihrer Scheide, und er spürte, dass es ihr sehr gefiel. Dann wurde alles verschwommen, und wenig später wurde es ganz schwarz um ihn.

Anna lag mit ihrem nackten Körper nun in einer flachen Grube im Wald und beobachtete angestrengt Sebastian, der langsam aber sicher auf sie zukam. Und er hatte sein Gewehr entsichert. Würde er sie so entdecken, hatte sie nur sehr geringe Chancen, das wusste sie. Ihr Herz raste, während sie ihre Hüfte und ihren Oberkörper fest in das Laub drückte. "Hey, Sebastian!" Das war ihre Rettung, denn es war Markus, der da rief, und Sebastian drehte sich um. Anna nutzte die Gunst des Augenblicks, sprang auf und lief in die Richtung, in der der Fluss lag.

"Na, hast du sie schon ir- " sagte Markus und unterbrach sich dann selbst, "hey, da!" rief er und zeigte auf das Leopardenmädchen, das im Zick-Zack-Lauf davonsprang. Er legte an und zielte auf ihren hübschen Po, aber sie bewegte sich zu schnell, um sie auf dieser Entfernung zu erwischen. Sebastian und Markus stürzten los, hinter Anna her. Dadurch, dass sie im Zick-Zack lief, holten die beiden auf, Sebastian etwas schneller als Markus, aber noch bevor sie einen akzeptablen Abstand aufgeholt hatten, machte sie ein Kopfsprung und war verschwunden. Sebastian hörte das Klatschen des Wassers, das musste der Fluss sein, der auch in der Karte eingezeichnet war, aber als er den Fluss erreichte, war nichts mehr von dem Leopardenmädchen zu sehen. Auf der anderen Seite des Flusses waren kleine Mangroven - eine gute Möglichkeit, sich zu verstecken. Keuchend kam hinter ihm Markus zum Stehen. "Wo ist sie hin?" stieß er hastig aus. "Weiß ich nicht!" rief Sebastian wahrheitsgemäß. Markus sah ihn zweifelnd an, sagte dann aber nichts, während Sebastian schon wieder weiterlief. "Wo willst du hin?" fragte Markus. "Über die Brücke auf die andere Seite des Flusses!" rief er sehr laut. Anna sollte das hören. Das schaffe ich auch schneller, dachte sich Markus, warf sein Gewehr auf die andere Seite und begann, in das dreckige Wasser zu waten.

Das Wasser war herrlich kühl. Genau das hatte sie jetzt gebraucht. Sie konnte ziemlich gut schwimmen und tauchen, und so tauchte sie erst ganz vorsichtig zwischen den Mangroven auf der anderen Flussseite wieder auf. Gerade so mit den Augen über der Wasseroberfläche lugte sie hervor. Sie spürte, wie ihr heißes Schamdreieck in der Kühle des Wassers pulsierte, ihre Brustwarzen waren wieder völlig erigiert. Das Adrenalin in ihrem Blut heizte sie an. Anna hatte sie beide oben am Ufer diskutieren gehört, und Sebastian wollte wohl über die Brücke zum anderen Ufer, dann hatte Markus sein Gewehr herübergeworfen. Gerade stieg er ins Wasser - ein hilfloses Opfer für die starke Leopardin. Sie tauchte los.

Markus war gerade in der Mitte des Flusses, da wo er nicht mehr stehen konnte, als ihn etwas am Knöchel packte und unter die Wasseroberfläche zog. Er strampelte sich schnell wieder nach oben und sah hektisch in die Runde. Nichts zu sehen - doch da! Das Leopardenmädchen tauchte fünf Meter von ihm entfernt auf und stieß sich so weit aus dem Wasser, dass er ihre perfekten, festen Brüste sehen konnte, die Leopardin fletschte die Zähne und gab ein Fauchen von sich, dann verschwand das unfassbar attraktive Gesicht wieder unter der Wasseroberfläche. Markus fasste sich wieder und begann, schnell wieder zum Ufer zurückzuschwimmen, doch er war zu langsam - Sekunden später packte ihn wieder etwas am Knöchel und zog ihn unter Wasser, und diesmal konnte er sich nicht so leicht losstrampeln. Krampfhaft versuchte er, den Arm mit dem Knopf zu schützen, dann endlich war er wieder frei. Hastig und tief holte er Luft, als er die Wasseroberfläche wieder erreichte. Alles war ruhig - das Leopardenmädchen war nicht zu sehen. Wieder begann er, so schnell wie möglich auf das Ufer zuzuschwimmen, doch plötzlich teilte sich das Wasser vor ihm und der herrlich gezeichnete Oberkörper schoss heraus. Noch bevor er es richtig realisierte, griff die Leopardin ihn an. Er versuchte, sich zu drehen, aber er war zu langsam, zu plump. Mit einem gezielten Schlag drückte sich die Nadel in seine Haut. "Du musst mich aber aus dem Wasser ziehen!" keuchte und japste Markus in Panik. Das Mädchen vor ihm lächelte nur, nahm dann seinen Kopf und küßte ihn. Er spürte, wie sie ihre Zunge in seinen Mund stieß, und er nahm sie dankbar an. Dann wurde es schwarz um ihn.

Anna zog Markus aus dem Wasser und legte ihn in die Böschung. Dann stieg sie hinauf, gebückt und witternd sah sie sich um, aber er war nirgends zu sehen. Hatte Sebastian nicht gesagt, er wolle auf die andere Seite des Flusses? Wenn das wahr war, wäre der Weg zum Hügel frei, aber man konnte nie wissen, also musste sie vorsichtig sein. Sie lief los, blieb aber alle paar Minuten stehen, um die Lage zu überprüfen.

Sebastian hatte sich nicht über die Brücke begeben. Nachdem er gehört hatte, dass Markus verloren hatte, war er zum Hügel gelaufen. Er wusste genau, dass sie hier hinkommen würde, und mit seinem Versteck hinter einem großen Findling war er sehr zufrieden. Sollte sie vom Fluss her kommen, musste er sie einfach sehen. Er entsicherte schon einmal die Waffe.

Geschmeidig glitt sie in eine kleine Sohle. Der Boden hier war sehr feucht, ihre Füße und ihre Hände steckten bis zu den Knöcheln im Schlamm. Vorsichtig lugte sie über den Rand. Nein, immer noch nichts zu entdecken. Eine trügerische Ruhe. Dann bemerkte sie etwas. Am Rand der Sohle befand sich ein tief eingedrückter Fußabdruck - und er zeigte nicht zum Fluss, sondern auf den Hügel zu. Sie sah einmal auf - alles ruhig - dann sah sie sich den Abdruck genauer an. Er war sehr frisch, und er war wahrscheinlich von Sebastian. Schnell sah sie auf zum

Hügel, der gar nicht mehr so weit entfernt war, und rutschte zurück in die Sohle. Sie tauchte ab, und presste dabei ihren ganzen prachtvollen Körper in den Schlamm, sie spürte, wie ihr Herz klopfte, ihre Vulva pulsierte, ihre Brustwarzen fest in die Feuchtigkeit stachen. Jetzt kam es zum Endkampf. Sie würde den Hügel umgehen und ihn von der anderen Seite besteigen. Hoffentlich erahnte er das nicht.

Das Leopardenmädchen hatte jetzt schon bedenklich lange nichts mehr von sich sehen lassen. Vor zwanzig Minuten etwa hatte er noch gesehen, wie sie vorsichtig zwischen den Bäumen herangelaufen kam, aber dann war sie irgendwann abgetaucht und nie wieder aufgetaucht. Langsam wurde er nervös. Irgendetwas stimmte da nicht. Was war da bloß los? Er stand auf, und plötzlich hörte er ein lautes Brüllen in seinem Rücken. Es wirkte auf ihn fast wie Zeitlupe, wie er sich drehte, wie er sah, dass das Leopardenmädchen mit bebenden Brüsten und gestreckten Bein auf ihn zugeschossen kam, wie er getroffen wurde, wie er taumelte und schließlich fiel. Er spürte, wie ihm die Waffe entglitt, dann schlug er hart auf. Die Waffe purzelte hinter ihm den Hügel hinunter, schnell riss er den Kopf herum - und sah gerade noch, wie die Leopardin wieder einen Angriff startete. Er war benommen gewesen, aber plötzlich war alles wieder klar. Schnell wich er aus, so dass das Leopardenmädchen neben ihm im Laub landete, sie war erstaunlich geschickt, sie rollte sich ab und stand dann blitzschnell wieder auf ihren glänzenden Hinterläufen. Für einen kurzen Augenblick standen sie sich gegenüber, und sie sah ihm direkt in die Augen. Ihr ganzer Körper war gespannt, jede Sehne, jeder Muskel, ihre festen Brüste hoben und senkten sich hastig, aber kontrolliert, ihre Brustwarzen hatten sich fast keck aufgerichtet, sie schwitzte, ihre verschmutzte Haut glänzte, ihre Lippen leuchteten rot. Sie war das perfekte Raubtier. Dann fauchte sie einmal und stürzte auf ihn zu. Er wich wieder aus, aber das hatte sie anscheinend erwartet, denn als er den Kopf wieder hob, bekam er einen kräftigen Schlag auf den Hinterkopf - es waren ihre prachtvollen Schenkel. Er stürzte und fiel, dann purzelte er den Hügel hinunter - und als er wieder zu sich kam, lag die Waffe direkt neben ihm. Was für ein Glücksfall, schoss ihm durch den Kopf, dann griff er das Gewehr und riss es ihr entgegen. Er sah noch, wie das große Leopardenweibchen auf ihn zusprang, dann drückte er ab, und in dem Moment traf ihre Pranke seinen Kopf.

Anna spürte den kleinen Stich, der sie in den Oberschenkel traf, dann rollte sie sich im Laub ab. Sebastian war stark benommen und nicht ansprechbar - sie hatte ihn voll erwischt. Aber es nützte nichts, er hatte sie erlegt. Anna lächelte. Sie freute sich, sie freute sich darauf, was passieren würde, wenn sie wieder erwachte. Dann spürte sie die Dunkelheit kommen.

Sie fühlte plötzlich, wie ihr jemand eiskaltes Wasser ins Gesicht schüttete. Sie öffnete die Augen nur einen Spalt, damit er nicht merkte, dass sie wach war, aber beim nächsten Stoß Wasser zuckte sie so zusammen, dass er bemerkte, wie wach sie war. Es war warm hier, sie öffnete die Augen ganz. "Ah, mein Fang ist aus der Narkose erwacht!" sagte Sebastian. Sie sah auf. Er hatte ein großes, blaues Auge, sie zwang sich, nicht zu lächeln. Stattdessen sah sich Anna gehetzt um. Sie war in einer Hütte, vermutlich irgendwo im Wald, da im Fenster mehrere Äste zu sehen waren. Im Kamin loderte ein helles Feuer, das wohlige Wärme abstrahlte. Sie selbst lag auf einem Schafsfell, mit einer kurzen Kette war ihr rechter Fuß an einem Ring im Boden angekettet. So, dann würde sie jetzt erst einmal das wilde Tier spielen.

Endlich war das Leopardenmädchen wach. Es hatte ihm ganz schön zugesetzt, er fühlte über sein geschwollenes Auge. Jetzt wollte er auch seine Belohnung. Sein Blick fiel auf die zähnefletschende und knurrende Leopardin - er würde sie noch zähmen müssen. Er stellte den Eimer beiseite und näherte sich ihr wieder. Sofort fing das Leopardenweibchen an, an der Kette zu reißen, dann wagte er es und ging in ihren Radius. Anna fiel ihn an, ihre Zähne vergruben sich in seiner nackten Wade. Er schrie laut auf, denn sie biss völlig skrupellos zu. Als er sich losreißen konnte, hatte sie Hautfetzen von ihm im Maul und er eine kleine blutende Wunde am Bein. "Na warte!" rief er, "ich werde dir noch Manieren beibringen, du Raubtier!" Dann ging er zur Wand und nahm sich eine Reitgerte aus der Halterung. "So, du Biest, wenn du nicht gehorchst, dann gibt es Prügel!" sagte er und betrat wieder ihren Kreis. Sofort griff das Raubtier wieder an, doch diesmal wich Sebastian aus. "OK, du hast es nicht anders gewollt!" sagte Sebastian und schlug Anna mit der Gerte kräftig auf den wunderbar gezeichneten Rücken. Sie hinterließ einen roten Striemen, und die Leopardin heulte laut auf, aber das beruhigte sie nicht, im Gegenteil, sie wurde nur noch wilder und zerrte jetzt wie verrückt an der Kette, um Sebastian zu erreichen. Der stürzte hervor und schlug noch mal zu, dieses Mal auf den Po, während Anna ihn am Knöchel fasste und kräftig zubiß, und dann schrie. Sebastian wich wieder zurück. Er bereute es plötzlich, nur noch die Shorts zu tragen, während er sich den Knöchel rieb, aber es war einfach zu warm gewesen. "Du Biest!" schrie er, stürzte noch einmal hervor und schlug ihr kräftig auf den Po. Sie schrie wieder, wehrte sich aber nicht mehr. Auf dem Po waren jetzt zwei von den rot glühenden Striemen. Er hob die Gerte - das Leopardenmädchen fuhr zusammen, er betrat den Kreis - und sie ließ ihn gewähren. Dann berührte er ihre Hinterläufe, die Leopardin fuhr herum und schnappte nach seiner Hand, aber er brauchte nur die andere zu heben, und das Leopardenmädchen fuhr zusammen. Er spreizte ihre Hinterläufe ein wenig - sie ließ ihn gewähren. Dann sah er ihre Muschi. Sie war purpurrot und triefte nur so von ihrem Erregungssaft - seine Leopardin war offenbar hocherregt. Er berührte sie - das Leopardenweibchen fauchte einmal, dann schnurrte es. Schnell riss er sich die Shorts herunter, binnen Sekunden war sein Schwanz vollkommen steif, und hastig drang er in sie ein. Anna stöhnte auf, dann begann er, sie zu stoßen, und sie schnurrte, fauchte und stöhnte immer lauter, bis sie innerhalb von weniger als einer Minute mit einem lauten Brüllen kam - Sebastian kam wenig später, und sie stürzten beide in das Schafsfell.

Nachdem sie sich fünf Minuten aufeinander liegend ausgeruht hatten, flüsterte Anna: "Komm, Sebastian, schließ' mich los- ich will mit dir noch die ganze Nacht ficken!" "Das will ich auch!" sagte er, holte die Schlüssel und befreite sie von der Fessel. In dem Moment fuhr sie herum, fasste seinen Kopf zwischen ihren prallen Oberschenkel, beugte sich vor, schnappte sich mit der einen Hand die Schlüssel und mit der anderen seinen Fuß, und ehe er sich versehen hatte, war er auf dem Boden angekettet. "Das hättest du nicht tun sollen - ein Raubtier bleibt immer ein Raubtier, vergiss das nie!" sagte sie und ließ seinen Kopf frei, um aus seinem Kreis zu springen. "Ich bin eine Katze!" sagte Anna, "und Katzen spielen gewöhnlich lange mit ihren Opfern, bevor sie sie töten!" Dann nahm sie die Gerte, die jetzt in der Ecke des Raumes lag.

Marcel

„Sex ist so eine absurde Sache, wenn man
darüber nachdenkt," sagte Marcel und nahm einen Schluck aus seiner Bierflasche. Anna saß
neben ihm auf dem ausgeleierten Sofa der Wohnheimkneipe, und da es in der Mitte noch etwas
durchgesessener war als am Rand, rutschte sie
unweigerlich zu ihm.

„Überleg mal. Wir sind die ganze Zeit so vernünftig, tragen Kleidung, verhalten uns zivilisiert,
und dann reißen wir uns die Kleider vom Leib,
um einen Wurmfortsatz in ein feuchtes Loch zu
stecken."

Marcel sah sie an.

„Und warum machen wir es? Weil wir es müssen. Weil wir dazu gezwungen werden."

„Hättest du gerne nicht diesen Drang?" fragte
Anna. Sie hatte sich an diesem Abend für ein
Oberteil mit V-Ausschnitt entschieden, die Ansät-
ze ihrer Brüste waren gut zu sehen. Etwas un-
passend für dieses Gespräch.

„Wäre es nicht eine große Erleichterung, nicht
ständig diesen Zirkus mitmachen zu müssen?
Wenn nicht die Hälfte der Zeit das Gehirn von
Gedanken blockiert wäre, die einen nicht weiter-
bringen?" fragte er zurück. Anna überlegte.

„Ich denke, ich habe ein ambivalentes Verhält-
nis zu meinen Trieben," sagte sie dann. Marcel
nickte und schien kurz nachzudenken.

„Von außen wirkt es nicht so, als hättest du
deine Triebe unter Kontrolle," meinte er schließlich.

„Wie meinst du das?" fragte sie, obwohl sie die
Antwort schon kannte.

„Naja, du hast anscheinend, so weit ich das
mitbekomme, häufig Sex mit unterschiedlichen
Partnern," druckste Marcel herum. Er war sich
offenbar bewusst, dass er eine Grenze überschritt, und es war ihm sichtlich unangenehm.
Anna atmete tief durch.

„Marcel, ich hätte nicht gedacht, dass sich gerade in dir so ein unempathischer Spießer ver-
birgt," begann sie, und Marcel zuckte unwillkürlich zusammen.

„Du schließt von dir auf andere. Deine Triebe
belasten dich offensichtlich. Sie rauben dir deine
Denkkapazität. Weil du davon ausgehst, dass das
bei mir auch so ist, wertest du mein Handeln und
damit im Endeffekt mich ab. Du wertest mich ab,
damit du dich als etwas Besseres fühlen kannst."
Anna fügte dann mit tieferer Stimme hinzu: „Bin
ich gut, ich schaffe es, keinen Sex zu haben, im
Gegensatz zur Schlampe Anna." Anna nahm wieder einen Schluck aus der Bierflasche.

„So eine Verallgemeinerung ist außerdem ziemlich unwissenschaftlich," meinte sie dann.

„Ich - ich habe nicht gesagt, dass du eine Schlampe bist," sagte Marcel kleinlaut.

„Doch, das hast du," sagte Anna, „und das ist auch nicht schlimm. Schlimm ist, dass du es schlimm findest, dass ich eine Schlampe bin."

„Hör auf, das zu sagen," bat er.

Sie schwiegen eine Weile.

„Wenn du jetzt hier deine Triebe für immer ausstellen könntest, würdest du es tun?" fragte Anna dann.

„Ich würde darüber nachdenken. Hm, lieber wäre es mir vermutlich, ich könnte sie zeitweise abstellen."

„Wenn du sie einmal ganz los wärst, sähst du vermutlich keinen Sinn darin, sie wieder anzustellen."

„Vermutlich."

Anna beugte sich zu ihm.

„Und wäre das nicht auch schade?"

Marcel sah sie an, und Anna zog ihr Oberteil etwas herunter, so dass sich ihr Ausschnitt etwas vergrößerte.

„Was macht das mit dir?" fragte sie. Marcel starrte auf ihre Brüste.

„Naja, was soll das schon machen? Die Vernunft setzt aus, und der Wunsch, deine Brüste zu berühren und mit dir zu schlafen wird übermächtig," antwortete er.

„Übermächtig? Hast du dich nicht mehr unter Kontrolle?" fragte Anna lächelnd. Er überlegte kurz.

„Kontrolle? Kommt darauf an, wie du das meinst. Ich werde nicht über dich herfallen. Aber ich kann jetzt auch keine mathematischen Formeln mehr lösen. Mein Denkvermögen ist eingeschränkt." Er nippte an seinem Bier. „Und das will ich nicht!" sagte er dann etwas zu laut.

„Und was ist jetzt deine Strategie, um wieder klar zu werden?" fragte Anna. Marcel ließ sich wieder Zeit.

„Vernünftig wäre wohl Entzug. Einfach nach Hause gehen, runterkommen, schlafen."

„Entzug, soso," sagte Anna und nahm auch einen Schluck.

„Siehst du, ich habe eine andere Strategie," sagte sie schließlich.

„Vollzug."

Anna ließ das Wort zwischen ihnen stehen, sah ihm in die Augen, sah, wie es in ihnen flackerte, dann stand sie auf und verließ die Wohnheimkneipe, ohne sich umzusehen.

Auf halbem Weg zu ihrer Wohnung hatte er sie eingeholt.

„Ich weiß nicht, ob Vollzug die richtige Strategie ist," sagte er schließlich, während sie weitergingen, „hat das nicht einen Verstärkungseffekt? Je häufiger man es macht, desto häufiger will man es auch machen?"

Ja, da war etwas dran, dachte Anna. Aber sie sagte stattdessen: „Es ist doch viel anstrengender, auf einem brodelnden Topf den Deckel zu halten, als den Dampf auch mal abzulassen."

Er nickte, das schien ihm einzuleuchten. Er folgte ihr schweigend durch die Haustür des Wohnheimgebäudes, folgte ihr die Treppen hinauf, folgte ihr durch die Wohnungstür ihrer Wohngemeinschaft, ging mit in ihr Zimmer und setzte sich auf den kleinen Sessel ihrer Sitzecke. Anna setzte sich auf ihr Bett, das tagsüber als provisorisches Sofa Bestandteil ihrer kleinen Sitzecke war, und sah ihn amüsiert an.

„Ich wollte schon immer mal wissen, wie du wohnst," sagte er und sah sich um.

„Soso, wie lange interessierst du dich denn schon für mich?" fragte sie.

„Ein paar Monate," sagte er beiläufig. Anna kräuselte die Stirn.

„Und wieso erfahre ich erst jetzt davon?"

„Hättest du es gerne schon früher gewusst?" Anna zuckte mit den Schultern.

„Warum interessierst du dich denn für mich?" fragte sie dann.

„Ich weiß nicht - vielleicht weil du dir nimmst, was du willst, und es auch bekommst."

Sie schwiegen beide für eine Weile, dann stand Marcel auf, ging zu ihr und küsste sie.

„Ich dachte schon, du würdest das nie tun," sagte Anna, als sie kurz voneinander abließen, und als Antwort küsste er sie wieder.

„Ich teste deine Strategie," meinte er, küsste ihre Wange, während seine Hände unter ihr Top wanderten, „ein wissenschaftliches Experiment."

„Du schreibst nachher das Protokoll," lachte Anna und zog ihr Top über den Kopf. Ihr BH folgte, und als sie seinen Blick bemerkte, zog sie sein Gesicht zwischen ihre Brüste.

„Na, wieviel ist sieben mal acht?" fragte sie und strich über seine Haare.

Er sagte nichts, sondern öffnete ihren Gürtel und ihre Hose und zog sie zusammen mit ihrem Slip über ihren Po. Sanft führte Anna seinen Kopf hinab von ihren Brüsten über ihren Bauchnabel zwischen ihre Beine, und als er sie zu lecken begann, keuchte sie leise auf. Wer wollte schon rechnen können?

„56," sagte er, als sie nackt und verschwitzt nebeneinander in ihrem Bett lagen, die Wellen des Orgasmus noch nicht ganz abgeklungen, ermattet und voller Glückshormone.

„Aha, es geht wieder," lachte sie.

Anna saß im Hörsaal, als seine Nachricht kam.

„Vollzug war die falsche Strategie. Ich denke nur noch an dich!"

Sie lächelte. Und schrieb: „Heute Kino?"